NOUVELLES POÉSIES.

NOUVELLES

POÉSIES

DE

André Van Hasselt.

BRUXELLES.

BRUYLANT ET COMP.,

PLACE ST.-JEAN, 12.

PARIS.

BORRANI ET DROZ,

RUE DES SAINTS-PÈRES, 7.

1857

PRÉFACE.

En tête d'un recueil que l'auteur publiait il y a cinq ans, il disait ceci :

« — A quoi, demandera-t-on, rime ce volume de « poésies, surtout dans les temps où nous vivons, « et dans le pays où nous sommes? »

Un peu plus loin il ajoutait :

« Pourquoi ne pas l'avouer? L'auteur a pris un cer- « tain plaisir à jeter ce livre dans la poussière du « champ clos où se démène notre chamaillis soi-disant « politique. Il s'est souvenu qu'étant enfant il s'amu- « sait parfois à faire rouler des cailloux dans les eaux « de la Meuse. Ses cailloux que sont-ils devenus? Que » deviendra son livre? Deux questions qui n'en font « qu'une et auxquelles il répondra par ce seul mot :

« — Qu'importe? »

Il pourrait des mêmes paroles faire la préface du nouveau volume qu'il abandonne aujourd'hui aux hasards de la publicité. Et peut-être serait-il en droit d'appliquer quelques tons plus noirs au tableau qu'il traçait alors des conditions déplorables qui sont faites à toute œuvre conçue en dehors des passions couran- tes et des divisions intestines auxquelles nous sommes si fatalement livrés. Peut-être aussi pourrait-il y ajou- ter quelques mots concernant l'influence délétère qu'exercent sur l'art d'écrire les jurys auxquels sont périodiquement confiés les intérêts de notre littéra- ture, et qui doivent nécessairement, en plus d'une cir- constance, faire fléchir ces intérêts sous des intérêts de personne ou de parti, outre que, par la majorité des membres dont ils se composent, ils sont radicale- ment incapables de juger une question d'art ou de forme littéraire. Mais à quoi bon ?

D'ailleurs, quand le trouble est dans les cœurs et dans les esprits ; quand la foule est en proie à des agi- tations de toute nature ; quand, pour deux hommes qui songent à se faire du lendemain une éponge pour laver les fautes de la veille, il en est quatre qui ne pensent qu'à s'en faire un balai pour pousser dans la rue les bonnes actions dont leur passé pourrait se faire honneur ; quand le sens moral diminue à mesure que les mauvais instincts se développent ; quand chacun dévore, comme un prodigue, l'austère capital de vertu que les ancêtres ont formé ; en un mot, quand la voix de la raison elle-même ne trouve plus à se faire en- tendre au milieu du tumulte des partis, — que voulez- vous que le poëte aille chercher dans cette cohue fié- vreuse et désordonnée, en supposant que l'auteur de ce livre ait le moindre titre à la qualification suprême de poëte ?

Est-ce à dire cependant qu'il n'ait qu'à se croiser les bras et à regarder faire?

Non. Il ne lui appartient pas plus de rester impassible au milieu de la lutte, que de se confiner obstinément dans sa retraite et d'adorer l'écho, selon la poétique expression de Pythagore. Il faut que par moments il revienne à la solitude et qu'il interroge, au profit de tous, cette pieuse et sainte conseillère. Il faut aussi que par moments il reparaisse au bord de l'arène où le combat est engagé et qu'il y laisse tomber quelque parole de paix et de charité.

Si l'auteur ne craignait de paraître attacher trop d'importance à ce qu'il écrit, il dirait qu'une partie des morceaux qui composent son volume sont, dans sa pensée, des paroles de cette nature Puisse çà et là un cœur droit et ami de son pays les accepter comme telles!

Une autre partie de ses compositions lyriques sont de simples traductions d'impressions personnelles et de souvenirs, qui n'ont de valeur que pour l'auteur lui-même et pour quelques amis dont l'affection lui est chère.

A la suite de ces petits poëmes, il produit deux fragments inédits, — l'un, d'une épopée dans laquelle il s'est proposé d'exposer le développement graduel de la doctrine du Christ et la manifestation de l'esprit du Sauveur dans les grands événements de l'histoire, à travers lesquels le monde actuel s'est formé pour préparer le monde à venir;— l'autre, d'un poëme dramatique où il a essayé de caractériser la civilisation mipartie de christianisme et de paganisme scandinave, qui se maintint jusque vers le milieu du xvie siècle dans les régions les plus reculées du nord de l'Écosse.

Enfin, une série d'études rhythmiques, qu'il ne présente que comme de simples essais, terminent son volume. Elles sont spécialement appliquées à de petits sujets lyriques, chansons populaires et autres, recueillies à droite et à gauche. Peut-être l'auteur aurait-il dû joindre aux morceaux qui composent cette catégorie particulière une théorie des diverses coupes de vers et de l'accentuation telles qu'il les comprend dans la poésie lyrique proprement dite. Mais il confesse sincèrement que le loisir nécessaire pour l'élaboration d'une théorie semblable lui a manqué jusqu'à présent. Aussi bien elle est déjà établie en partie par M. Henri Boscaven dans son *Manuel de versification*, livre qui abonde en aperçus aussi justes qu'ingénieux. D'ailleurs, nous pouvons espérer qu'elle occupera quelque jour le savant directeur du Conservatoire royal de Bruxelles, lui que ses études spéciales ont rendu maître de cette partie de l'art, encore si peu explorée, comme il l'est de l'art musical tout entier.

Et maintenant que ce livre aille, s'il se peut, à son adresse, c'est-à-dire à ceux qui croient, à ceux qui espèrent, et surtout à ceux qui aiment; car la charité contient tout.

A. V. H.

Bruxelles, 14 décembre 1857.

ODES.

ODES.

—◦◦◦◦◦—

Le 20 Août 1853.

Deus.... vobiscum sit, et ipse conjungat vos,
impleatque benedictionem suam in vobis.
TOBIE, VII, 15.

———

I.

L'Europe te disait, ô Belgique, ô ma mère :

« Ta royauté, vain mot! ta liberté, chimère!

« Les peuples sans passé n'ont point de lendemain.

« Le temps laissera-t-il le trône que tu fondes

« Affermir dans le sol ses racines profondes?

« Et ce siècle sais-tu ce qu'il garde en sa main?

« Quand le respect s'en va des choses les plus hautes ;

« Quand le toit du pouvoir n'abrite plus ses hôtes,

« Et que l'exil jaloux porte envie aux palais ;

« Quand les devoirs avec les droits ont fait divorce,

« Et que cet oiseleur que l'on nomme la force

     « Prend tout dans ses filets ;

« Quand les plus grands États, charpentes lézardées,

« Vont croulant au labeur souterrain des idées

« Et n'ont plus pour soutien ni l'amour ni la foi, —

« Bâtis ton avenir, et crois, pauvre insensée,

« Que Dieu couronnera cette œuvre commencée

« Dont la base est ton peuple et le sommet ton roi. »

Et te voilà pourtant, ô mère vénérée,

Vivante aux yeux du monde et du monde admirée,

Qui, debout dans ta force et dans ta majesté,

T'es fait cet avenir qu'on croyait un mensonge,

Et montres à tout peuple, épris de son vain songe,

     Notre réalité.

Depuis vingt ans combien de tempêtes fatales

Font trembler tour à tour toutes les capitales !

Combien d'événements troublent les nations,

Et comme le torrent des haines populaires
Rugit et fait aux pieds des trônes séculaires
Tourbillonner le flot des révolutions!

Que d'abîmes ouverts sur la route où Dieu mène
Vers son but inconnu la caravane humaine!
Que d'éclairs allumés dans l'ombre des cités,
Et de sang répandu dans ces lices impies
Où luttent jour et nuit les vieilles utopies,
   Les jeunes vérités!

Cependant ni canons tout gorgés de tonnerres
Qui grondent sous les murs des palais centenaires,
Ni clameurs dont l'écho sort du peuple ameuté,
Ni tocsins furieux dont les voix enrouées
Du cri des factions ébranlent les nuées,
N'ont troublé ton repos ni ta sérénité.

A tes pieds ont passé foudres et vents d'orage,
Et les événements où Dieu fait son ouvrage
A peine ont jusqu'à toi fait monter leurs rumeurs.
C'est que ta charte sainte, ô ma sainte patrie,
Est le fruit mûr, non pas de quelque théorie,
   Mais de tes vieilles mœurs.

1.

C'est que ta tour est haute et ferme et bien bâtie.

C'est que, dès son berceau, ta jeune dynastie

De l'amour populaire a fait sa royauté,

Et que, forte déjà comme la plus ancienne,

Dans notre destinée elle confond la sienne,

Et ne voit qu'une sœur dans notre liberté.

II.

Aussi que de larmes naguère

Autour de son trône ont coulé,

Quand la mort, faucheuse vulgaire,

Sur l'arbre royal eut soufflé !

Si le sépulcre, — obscur mystère, —

Entend ce qu'on fait sur la terre,

O reine, ô chaste vision,

Tu sais, dans les cieux où tout brille,
Comment le deuil de ta famille
Fut le deuil d'une nation.

Tu le sais, n'est-ce pas? tombe aux pierres muettes
Où j'ai semé mes vers, ces larmes des poëtes.
Mais entr'ouvre aujourd'hui ta porte de granit
Et laisse sur ton seuil, rayonnante de joie,
Apparaître la morte, afin qu'elle revoie
Son fils et tous les siens que notre amour bénit.

Témoin qui manque à notre fête,
Que ton cœur, longtemps attristé,
Battrait à voir comment est faite
Ta douce popularité,
Et comme au roi que Dieu protége
Le pays entier fait cortége,
Jonchant de ses vœux le chemin
Où, parmi la foule empressée,
Ton fils conduit sa fiancée
Qui sera ta fille demain !

Et ta voix lui dirait, de nous tous si connue :
« O rose de Schoenbrunn, soyez la bienvenue

« Au foyer où toujours m'emportent mes regrets ;

« Car même dans la mort on garde sa chimère,

« Et c'est vous que toujours, dans mes rêves de mère,

« Pour l'enfant de mon cœur c'est vous que j'espérais.

    « Que le bonheur brode la trame

    « Des jours que les temps vous feront !

    « Dieu mit la pitié dans votre âme

    « Et la douceur sur votre front :

    « Trésor charmant ! trésor austère !

    « L'un fait les anges sur la terre,

    « L'autre, les anges dans les cieux,

    « Pur rayon qui sur tout se pose,

    « Et des pleurs du pauvre compose

    « Notre écrin le plus précieux.

« Gardez bien, mon enfant, gardez bien l'un et l'autre :

« Car les devoirs sont grands aux temps comme le nôtre.,

« Soyez pour toute nuit l'aube d'un jour meilleur,

« La vigne où le passant toujours trouve une grappe,

« La porte où le malheur jamais en vain ne frappe,

« Lui qui boit le mépris où Dieu verse l'amour.

    « Soyez la sœur, soyez la mère

« De ceux qu'éprouve le destin.

« Mêlez à toute coupe amère

« Quelque miel de votre festin.

« Car Dieu nous a si haut placées

« Pour mieux éclairer nos pensées

« Et nos cœurs souvent incomplets,

« Nous qui, plus loin des apparences,

« Voyons mieux toutes les souffrances

« Par les vitres de nos palais. »

Et tu lui montrerais encor, pieuse reine,

Comme un beau livre ouvert, ta vie humble et sereine,

Ton nom toujours vivant dans notre souvenir,

Et par toutes les voix ta mémoire bénie,

L'une, cette splendeur, l'autre, cette harmonie,

Trésors que ton passé lègue à notre avenir.

III.

L'avenir ! l'avenir est à nous, ma patrie !
Ta nef est au péril des vagues aguerrie.
Vingt siècles ont battu ta quille de leurs flots.
Leur onde, tour à tour menaçante ou sereine,
A sur bien des écueils éprouvé ta carène
Sans qu'un orage ait fait trembler tes matelots.

O mère de la France ! ô fille d'Allemagne !
Ta mamelle féconde allaita Charlemagne,
      L'homme victorieux ;
Et, soldats blasonnés de leur croix de sinople,
Godefroid mit Sion, Baudouin Constantinople
      A tes pieds glorieux.

Ton histoire d'un bout à l'autre est un poëme.

Tes comtes ont prêté des rois à la Bohême,

Tes ducs, des empereurs au trône des Germains;

Et Charles-Quint prit tant d'espace sur le globe,

Que d'un côté le soir, de l'autre côté l'aube

Doraient l'orbe idéal qu'il tenait dans ses mains.

Les siècles ont signé tes titres de noblesse.

Tu peux aux nations sans honte et sans faiblesse

       Montrer tes parchemins.

L'Europe sait ton nom gravé dans ses annales,

Et plus d'un peuple, errant dans ses routes banales,

       Aspire à tes chemins

L'avenir! l'avenir est à nous, ma patrie!

Une rose nouvelle à ton arbre est fleurie;

Une étoile nouvelle illumine tes cieux :

Fleur charmante et pareille à celles qu'avril ouvre,

Astre aux blanches clartés comme ceux que découvre

En quelque nuit de mai le rêve de nos yeux.

Toi qui pleurais hier, chante aujourd'hui, ma mère!

Vois quelle aube s'allume et luit dans l'ombre amère

       Que le deuil mit sur nous.

Aurore devant qui toute obscurité tombe
Et qui pieusement répand sur une tombe
      Ses rayons purs et doux.

Oh! qu'à ton horizon, où l'autre astre sommeille,
Elle brille longtemps radieuse et vermeille,
Étoile où vont nos cœurs, aurore où vont nos pas,
Aube que Dieu nous donne, afin qu'à sa lumière
Le palais réjoui sourie à la chaumière
Et montre une espérance où l'oubli n'était pas!

IV.

Et toi, reste toujours à toi-même fidèle.
Que le droit soit ta force et soit ta citadelle,
La justice ta loi, ton but la vérité;

Et qu'un jour tes enfants, ces races mal soudées,
Du même lait nourris et des mêmes idées,
O patrie, en tes bras trouvent leur unité !

Que l'union soit ta devise,
Ton arme à l'heure du danger.
Loin de nous tout ce qui divise
Et ne change que pour changer.
Loin de nous ces rhéteurs fébriles
Qui sèment leurs haines stériles
Comme une ivraie en nos moissons,
Et ces hommes d'ombre et de doute
Qui, la nuit, encombrent ta route,
Des épines de leurs buissons !

Garde pieusement le trésor de nos pères,
Les saintes libertés qui les firent prospères,
La droiture du cœur dont ils furent jaloux ;
Et ne souffre jamais que des mains sacriléges
Démembrent notre charte et nos vieux priviléges
Qui des droits de chacun font les devoirs de tous.

Poursuis tes destins magnifiques.
Marche au but que Dieu te prescrit.

2

Qu'un astre aux rayons pacifiques
Toujours éclaire ton esprit.
Respecte l'autel et la tombe,
Et songe que tout gland qui tombe
Plante un chêne au bord du chemin ;
Car la nuit engendre l'aurore ;
Dans l'ombre le jour s'élabore,
Dans la veille le lendemain.

Ensemence tes lois équitables et sages
Du grain que l'Évangile a mûri pour les âges.
Mène aux sources du Christ les générations,
Et fais fleurir l'amour sur les haines civiles
Qui germent par endroits sous les pavés des villes,
Ces boulets toujours prêts aux révolutions.

Laisse libre toute pensée.
Laisse parler tous les esprits.
Parfois quelque lèvre insensée
Nous explique un mot incompris.
L'Océan, dont le flot déferle,
Sait-on comment il fait la perle
Dans ses flancs toujours agités ?
Et savons-nous, foule profane,

Dans les rêves que le temps vanne
Combien roulent de vérités ?

Laisse à tous les progrès, laisse ta porte ouverte,
Et toute fleur éclore à sa branche encor verte,
Afin que le temps vienne et la transforme en fruit.
L'idée ou l'action, la parole ou le livre,
Tout ce qui doit rester le Seigneur le fait vivre,
Tout ce qui doit tomber le Seigneur le détruit.

Laisse venir des solitudes
Le songeur, prophète autrefois,
Qui, mêlé dans les multitudes,
Écoute ce que dit leur voix.
De cette voix mystérieuse,
Tour à tour sinistre ou joyeuse,
Il cherche encor le sens secret ;
Mais Dieu, son heure étant venue,
Peut le lui montrer dans la nue,
Ainsi qu'un soleil qu'il verrait.

Car nous ignorons tous, aveugles que nous sommes,
Quel travail le Seigneur fait dans l'œuvre des hommes,
Par quels desseins cachés il agit dans les leurs,

Et quel Noé futur doit être le pilote

Dont la main guidera l'arche humaine qui flotte

Sur l'Océan du siècle, où doutent les meilleurs.

Écrit le jour de l'arrivée de S. A. I. Madame Marie-
Henriette - Anne , archiduchesse d'Autriche , à
Bruxelles.

Aux ruines du château de Fauquemont.

———

Manch Bild vergessener Zeiten
Steigt auf aus seinem Grab.
H. HEINE.

Comme il était splendide à voir et beau naguère
                    Ton appareil!
On ne pouvait citer, ô vieux château de guerre,
                    Rien de pareil.

Tes remparts crénelés dominaient la campagne
                    Et les vallons,

2.

Qui tremblaient quand tes preux que la gloire accompagne
          Criaient : « Allons ! »

Ou qu'un de tes vaillants, sourd aux craintes serviles,
          Tout seul allait
Clouer en plein soleil aux portes de nos villes
          Son gantelet.

Ta bannière tordait, rouge comme une flamme,
          Ses plis dans l'air,
Et toujours sur tes murs flamboyait quelque lame
          Comme un éclair.

Dans tes salles de marbre, où les rires de joie
          Toujours bruyaient
Les chevaliers de fer et les femmes de soie
          Se souriaient.

Mais table aux vases d'or, combats à l'arme blanche,
          Tout est passé.
Ta gloire est l'arbre mort qu'effeuille branche à branche
          Le vent glacé.

Tes bastions déserts sont en proie aux insultes

De tout passant,
Eux que battait en vain l'effort des catapultes,
L'effort puissant.

Les ronces sur tes murs, ô vieux château de guerre,
Mal affermis,
Montent mieux à l'assaut que ne faisaient naguère
Les ennemis ;

Et, de tes noirs débris où le lierre balance
Ses festons verts,
Le pâtre seul parfois vient troubler le silence
Avec ses vers.

Hier j'avais aussi mes tours hautes et fières
Qui dans les cieux
S'aiguisaient, hérissant de leurs flèches altières
L'air spacieux ;

Mes remparts à créneaux où veillaient les bombardes
Et les canons
Auprès des lourds mousquets, des lourdes hallebardes,
Leurs compagnons.

Mon drapeau blasonné déroulait dans les nues
Son flot vermeil,
Et faisait resplendir ses couleurs bien connues
Au grand soleil.

Tu dressais dans les cieux, ô château de mes belles
Illusions,
Tes toits où voltigeaient, comme des hiróndelles,
Mes visions.

Quels doux rêves peuplaient tes salles rayonnantes,
Où nuit et jour,
Où jour et nuit chantaient les strophes frissonnantes
De mon amour !

Quels fantômes charmants, pareils à ceux qu'on rêve
A dix-huit ans,
Y folâtraient, ainsi qu'au soir font sur la grève
Les joncs flottants !

Et voilà que tes murs jonchent de leurs ruines
Le vert gazon,
Et que l'automne sombre attache ses bruines
A leur blason.

Le grillon chante seul dans tes salles glacées
Où la nuit vient,
Et nul du seuil désert de tes portes brisées
Ne se souvient.

Car je t'avais bâti, palais de mes chimères,
Dans mon esprit,
Avec mes songes d'or, ces choses éphémères
Où tout sourit.

Mais voici venir l'âge et les soucis moroses,
Tout halètants,
Et je vois s'en aller ma jeunesse et les roses
De mon printemps.

Et tu ne laisses rien après toi, beau mirage
De l'avenir,
Qu'un rayon du passé perdu dans un orage,
Qu'un souvenir !

Septembre 1851.

A une jeune Fille.

Candida candidis.
DEVISE DE LA REINE CLAUDE DE FRANCE.

Toi dont la coupe est pleine encore
Sur la table de ton festin,
Souris, belle enfant, à l'aurore,
Belle enfant, souris au destin.

Quand nous, dans nos plaines amères,
Hélas ! nous creusons nos sillons,

Au frais jardin de tes chimères.
Cours après ces beaux papillons.

Laisse-nous les soucis moroses.
Laisse-nous les âpres chemins.
Et toi, n'effeuille que les roses
Qui croissent pour tes blanches mains

L'aube sereine de ta vie
N'a pas vu de nuage encor,
Et l'Espérance te convie
Au palais de ses rêves d'or.

Mais reste au seuil de ses beaux songes ;
Plus loin c'est la réalité.
De nos bonheurs, ces vains mensonges,
Oh ! ne vois pas l'autre côté.

Car un mal à tout bien s'attache.
Tout lac bleu récèle un péril.
Dans toute fleur un ver se cache,
Et décembre est derrière avril.

Ne connais jamais nos alarmes ;

Et, le cœur toujours satisfait,
Ignore de combien de larmes
Souvent un seul sourire est fait.

Décembre 1853.

Aux Étoiles.

Und wüssten sie mein Wehe,
Die goldnen Sternelein,
Sie kamen aus ihrer Höhe,
Und sprächen Trost mir ein.

H. HEINE.

O splendeurs du ciel, douces fleurs de l'ombre,
      Lis épanouis,
Qui brillez là-haut, qui brillez sans nombre
      Au jardin des nuits !

Sous la main de Dieu blanches fleurs écloses
      Au matin des jours,

5

Un soleil suffit pour flétrir nos roses ;
      Vous brillez toujours

Rien ne vous ternit. Pas de main profane,
      Fleurs de diamants,
Pas d'orage obscur qui vous brise et fane
      Vos bouquets charmants.

Que de fois à l'heure où le jour décline,
      Que de fois le soir,
Triste et recueilli, seul sur la colline,
      Seul je vais m'asseoir !

Je vous vois ouvrir vos corolles blanches,
      Chastes fleurs du ciel,
Quand les rossignols chantent sur les branches
      Leurs chansons de miel.

Et les fleurs des bois, et les fleurs des plaines,
      Font monter vers vous
Toutes leurs senteurs, toutes leurs haleines,
      Leurs parfums si doux.

Comme cet encens qui, la nuit, s'élève

Vers le ciel ainsi,
Que ne puis-je, hélas! monde auquel je rêve,
M'en aller aussi !

Juin 1854.

Le Dante partant pour l'exil.

Tu proverai si come sa di sale
Lo pane altrui, è com' è duro calle
Lo scendere e 'l salir per l'altrui scale.
DANTE, *Paradiso*, XVII, 59.

Florence, qu'as-tu fait? Qu'as-tu fait, ô Florence,
Du glorieux enfant que tes flancs ont porté?
Le voilà qui s'en va de tes bras rejeté,
Et sur ton seuil maudit il laisse l'espérance.

Ta main dénaturée a brûlé son berceau,
Mère indigne, et pourtant ses larmes t'ont bénie.

Le voilà qui s'en va seul avec son génie,
De son nid écroulé comme part un oiseau.

Il n'a plus désormais pour abri que la terre,
Pour chevet que la pierre, et pour toit que le ciel.
L'exil lui versera son vin mêlé de fiel,
Et ses pleurs mouilleront sa route solitaire.

Mais tes pleurs, l'avenir, ô poëte sacré,
Les recueillera tous comme des perles saintes
Sa bouche de tes pas baisera les empreintes
Et chantera ton nom des siècles admiré.

Car ce nom, n'est-ce pas? sera celui du Dante.
On accepte à ce prix le duel du destin.
On relève le gant du hasard incertain
Et l'on donne sa vie à cette lutte ardente.

La foudre aime à frapper les monts voisins des cieux,
L'ouragan à mugir dans les branches des chênes,
Et la foule à souffler la tempête des haines
Sur tout ce qui s'élève et grandit à ses yeux

O poëte, va donc combattre ta bataille.

5.

Va défier le sort et tout le monde humain.
Va déchirer tes pieds aux ronces du chemin,
Sans craindre d'y laisser place pour une entaille.

Plus le péril est grand, plus le triomphe est beau.
Marche à tes ennemis sans en compter le nombre.
Les piéges en plein jour, les embûches dans l'ombre,
Traverse tout, et va, fût-ce même au tombeau.

Va, lutte corps à corps avec la destinée.
Au risque d'y laisser la moitié de ton cœur,
Il faut de ce combat sortir mort ou vainqueur.
C'est une gloire encor qu'une mort couronnée.

Et si tu sens parfois, saignant de tous côtés,
Défaillir le courage en ton âme inquiète,
Regarde l'avenir, l'avenir, ô poëte,
Ou lève vers les cieux tes bras ensanglantés.

Car Béatrix est là, cette femme choisie,
Forme sainte sur qui ton esprit a jeté
Ce voile rayonnant de grâce et de beauté,
Le manteau d'or que lui tissa ta poésie.

Béatrix te regarde. O poëte, courage!

Va, parcours jusqu'au bout ton chemin de douleurs.

L'âme se purifie à la source des pleurs,

Et l'aube est plus sereine après la nuit d'orage.

Puis, qu'importe qu'un jour, ô chantre noble et fier,

Les mères, te suivant des yeux sur ton passage,

Pâles de la pâleur qui masque ton visage,

Disent à leurs enfants : « Cet homme a vu l'enfer? »

Car l'enfer tu l'as vu, tu l'as vu sur la terre;

L'homme en est le démon, le satan et le roi.

Mais ton ciel rayonnant tu le portes en toi,

Ce paradis dont seul tu connais le mystère.

Avril 1855.

Le Dante à Béatrix.

Vision charmante, ombre blanche et rose,
Diamant tombé de l'écrin des cieux,
Dans mon noir désert fraîche fleur éclose,
Que mon cœur toujours cherche dans mes yeux.

Astre d'or, venu dans ma nuit obscure,
Mais qui t'es voilé comme mon bonheur,

Doux rayonnement, forme sainte et pure,
Que mes yeux toujours cherchent dans mon cœur.

C'était vous, madame. Oh! ce fut un rêve,
Rêve dont j'ai fait ma réalité,
Songe qu'on poursuit, qu'on poursuit sans trêve
Et qu'on garde en soi pour l'éternité.

Rien ne vous manquait, si ce n'est des ailes.
Éloa vous eût prise pour sa sœur.
Vous aviez ses yeux, chastes étincelles,
Vous aviez sa voix pleine de douceur.

Un instant, un seul, ô fatal dommage!
Et la vision disparut pour moi.
Mais mon âme en a retenu l'image,
Radieux trésor que l'on cache en soi.

Pas un œil humain dans ce sanctuaire
Ne lira le nom dont je suis jaloux,
Et mon cœur sera le pieux suaire
Où vous dormirez, ma pensée et vous.

Mai 1855.

Lamentation du sapin et du palmier.

AU DOCTEUR M. YVAN.

I

Un palmier du désert se lamentait ainsi :
« Hélas! qui donc m'a fait prendre racine ici
    « Dans ces plaines larges et mornes,
« Dans ce vaste horizon qui fuit de tout côté,
« Cercle infini que fait la double immensité
    « Des cieux et des sables sans bornes?

« Oh! quel ennui de voir sans cesse le ciel bleu,

« Où de l'aube à la nuit brûle un soleil de feu

　　« Sans qu'un nuage y flotte et passe,

« De voir tourner mon ombre autour de moi toujours

« En marquant pas à pas les heures et les jours

　　« Sur le grand cadran de l'espace!

« Le désert âpre et nu m'étreint de toute part,

« Où le soir seulement va quelque léopard

　　« Chassant les gazelles ailées :

« Sahara monotone où jamais on n'entend

« Un oiseau dans les airs égrener, en chantant,

　　« Ses strophes aux notes perlées.

« Du sable, rien partout que du sable flottant,

« Que laboure parfois un chameau haletant

　　« Avec ses pieds calleux et rudes,

« Et dont le flot là-bas, vers le Nil écumant,

« Va saluer les sphinx qui posent gravement

　　« Leurs énigmes aux solitudes.

« Ni les brises du nord, ni celles du midi

« Ne viennent rafraîchir de leur souffle attiédi

　　« Mes feuilles toujours embrasées

« Le simoun orageux bruit dans le lointain,

« Et ce n'est pas pour moi que l'urne du matin

  « Épanche ses douces rosées.

« Quelqu'un m'ouvrira-t-il une autre zone, hélas !

« Zone de frais gazons et d'odorants lilas

  « Et de sources d'ombre voilées ?

« Car j'étouffe et je meurs sous ce soleil ardent,

« Implacable brasier qui me brûle en dardant

  « Ses feux sur mes palmes hâlées. »

II

Un sapin de Faru se lamentait ainsi :

« Hélas ! qui donc m'a fait prendre racine ici

  « Dans l'Islande de pics semée ?

« Le vent glacé du nord me fouette incessamment,

« Et de mon ciel obscur le soleil rarement

    « Dégage sa face embrumée.

« Quel sinistre horizon me font, ô mer, tes flots,

« Où passent sans relâche, ainsi que des îlots,

    « Des escadrilles de baleines :

« Océan toujours sombre et toujours irrité,

« Où les brises du sud qui me cherchent, l'été,

    « Sentent se glacer leurs haleines !

« Que m'importe de voir, chaque nuit, dans les airs,

« Avec ses rayons d'or et ses gerbes d'éclairs

    « Monter l'aurore boréale,

« Le Chariot tourner dans l'ombre ses essieux,

« Et le cercle polaire arrondir dans les cieux

    « Là-haut sa couronne idéale ?

« Car tes lourds ouragans me donnent des frissons.

« D'un côté, par delà tes créneaux de glaçons,

    « J'entends rugir les ours du pôle ;

« Et, de l'autre, l'Hécla, le volcan orageux,

« Gronder en bouillonnant sous le manteau neigeux

    « Que l'hiver lui met sur l'épaule.

4

« Autour de moi tout n'est qu'épouvante et terreur,

« Ravins où les torrents roulent avec fureur

    « Leurs flots noirs tout marbrés d'écume,

« Rochers dont chacun porte à ses flancs un glacier

« Et qu'on dirait vêtus d'une armure d'acier

    « Qui luit vaguement dans la brume.

« Oh ! qui m'emportera de ce climat d'airain

« Vers le sud où l'on voit au ciel toujours serein

    « Le soleil dont l'or étincelle ?

« Car ma séve se fige et tarit dans mes flancs,

« Et le givre qui pend à mes rameaux tremblants

    « Le long de mes feuilles ruisselle. »

III.

Le monde, n'est-ce pas ? le monde est ainsi fait.

Du sort où Dieu l'a mis quel homme est satisfait ?

    Qui n'a sa chimère obstinée ?

L'un est toujours sapin, l'autre est toujours palmier,

Et nul, du serf au roi, du dernier au premier,

    N'est content de sa destinée.

On aspire toujours à ce que l'on n'a pas,

Voyageur inquiet qui poursuit pas à pas

    Son mirage de grève en grève ;

Et, l'esprit dans les champs de l'idéal lancé,

On a sans cesse un pied dans l'inconnu posé,

    Une aile ouverte dans un rêve.

Heureux qui se bâtit son ciel dans sa raison

Et se fait de son cœur un charmant horizon,

    Une retraite bien-aimée,

Sans effeuiller sa vie au vent des passions,

Sans chercher les grandeurs, vaines illusions,

    Ni la gloire, vaine fumée !

Heureux qui sait borner ses vœux à son destin

Et qui ne prête point l'oreille au bruit lointain

    De la foule, forêt des hommes !

Tout arbre a son climat, tout climat, ses beautés.

O mon ami, restons où Dieu nous a plantés
 Mon ami, restons où nous sommes.

Car, sapin des glaciers ou palmier des déserts,
Sous l'ouragan de sable ou l'ouragan des airs,
 Qu'importe où notre feuille tombe?
Le Seigneur tient l'esclave et le roi sous sa main,
Et nos rumeurs d'hier n'ont plus d'écho demain
 Dans le silence de la tombe.

       Mai 1853.

4.

Le jardin du cœur.

Tecum pars mea major abit.

AUSON. *Epigramm.* CIII.

—→←—

Au jardin de mon cœur combien de fleurs écloses
  Naguère encor,
Lilas aux doux parfums, boules de neige, et roses
  Et boutons d'or ;

Myrte aux grappes de nacre, œillets aux feuilles blanches,
  Jasmins d'or pur,

Lis aux coupes d'ivoire, anémones, pervenches,
        Asters d'azur !

Comme elles rayonnaient toutes ces fleurs charmantes
        Au jour vermeil,
Sans redouter les vents glacés ni les tourmentes
        Ni le soleil !

C'est que vous étiez là, ma blonde jardinière,
        Vous, leur vrai jour,
Vous pour qui fleurissaient leur beauté printanière
        Et leur amour ;

Vous, l'aube de mon ciel, vous, cette âme choisie,
        Qui leur donniez
Leur grâce, leur parfum, toute la poésie
        Que vous aviez.

Mais, vous absente, vous, pauvre étoile éclipsée
        Avant le temps,
Plus rien ne leur rendra leur splendeur effacée
        Ni leur printemps.

Tout ce qui fleurissait de charmant en moi-même

Et de si doux,
Tout est mort désormais aussi, mon bien suprême,
Mort avec vous.

Car vous n'êtes plus là qui donniez, empressée,
Aux pauvres fleurs
Pour soleil votre frais sourire et pour rosée
Souvent vos pleurs.

Septembre 1835.

Le chêne renversé.

Quasi cedrus in Libano , pulcher ramis et
frondibus nemorosus, excelsusque altitudine.
ÉZÉCHIEL , XXXI , 3.

Géant de la forêt, comme il était superbe
A voir dressant dans l'air ses bras noueux et forts !
Ses racines plongeaient profondément sous l'herbe,
Et des vents déchaînés il brisait les efforts.

Un orage semblait dans ses vastes ramures
Mugir incessamment et prolonger son bruit,

Et l'orgue végétal mêlait ses longs murmures
Aux rumeurs des torrents qui grondent dans la nuit.

Tout un monde d'oiseaux voltigeait sur ses branches,
Leur palais verdoyant, toujours plein de concerts,
Fauvettes au bec d'or, ramiers aux ailes blanches,
Rossignols qui semaient leurs trilles dans les airs.

Voyageurs fatigués, sous son toit de feuillage
Vous aimiez, en passant, vous aimiez vous asseoir,
Et vos yeux saluaient le clocher du village
Et le chêne lointain, quand vous veniez le soir.

Et le voilà tombé, l'arbre des solitudes,
Colonne de ce temple où l'inspiration
Révèle à ses élus, bien loin des multitudes,
Le beau, cette splendeur, l'idéal, ce rayon.

Toi qui faisais monter tes hymnes dans l'espace,
D'un obscur bûcheron l'arme t'a jeté bas.
Mais, ô chêne vaincu, le voyageur qui passe
Se souvient de ton ombre et ne l'oubliera pas.

Car il garde en son cœur, il garde en ses oreilles

Les stances qu'effeuillaient tes branches dans les airs ;
Et plus jamais chansons ni musiques pareilles
N'égaîront le printemps de leurs joyeux concerts.

Ainsi, chêne vivant où nichent les pensées,
Le poëte en son ombre accueille les passants
Et fait, semant au vent ses strophes cadencées,
Chanter dans la forêt mille échos frémissants.

Que vienne un jour la mort, la pâle bûcheronne,
Jeter, cadavre vert, sur le bord du chemin
L'arbre musicien que l'aube d'or couronne,
Mais d'où ses mille oiseaux seront enfuis demain ;

Nous tous que son feuillage abrita dans son ombre,
Nous tous que sa musique enivra de ses sons,
Dans notre cœur rempli de ses rhythmes sans nombre
Nous entendrons toujours gazouiller ses chansons.

Avril 1856.

Ce que l'Imitation de Jésus-Christ dit aux hommes.

Et invenietis requiem animabus vestris.

Evang. sec. MATTHÆUM, XI, 29

Ames que le Seigneur éprouve,
Je suis la voix. Je suis l'esprit.
Je suis le jardin où l'on trouve
L'herbe divine qui guérit.

Cœurs blessés que le deuil désole,
Je parle à tout ce qui gémit.

Je suis la bouche qui console.
Je suis la main qui raffermit.

Voyageurs dont le ciel se voile,
Je suis le phare et la clarté.
Je suis l'astre. Je suis l'étoile
Qui luit dans toute obscurité.

Nochers qui sentez le courage
Faillir dans votre cœur humain,
Je suis votre ancre dans l'orage,
La boussole en votre chemin.

Vous tous qu'assiége la souffrance,
Que visite l'affliction,
Je suis le vase d'espérance,
L'urne de consolation.

Vous tous dont quelque membre saigne,
Je suis le baume des douleurs,
Le livre d'or qui vous enseigne
Quel trésor vous feront vos pleurs.

Vous tous que Dieu met à l'épreuve,

Je suis l'abri toujours ouvert.
Je suis la source où l'on s'abreuve
Dans les sables du grand désert.

Désespoirs, tristesses funèbres,
Nuits où l'on s'égare en luttant,
Je suis dans toutes les ténèbres
La douce aurore qu'on attend.

Mai 1855.

Résurrection du passé.

Nobis, quum semel occidit brevis lux,
Nox est perpetua una dormienda.

CATULL. *Carm.* v, 5.

Quand Ossian parfois, au bord des noirs torrents,
  O chênes, sous vos dômes,
De sa harpe écoutait les accords expirants,
Et des preux de Morven, dans son esprit errants,
  Évoquait les fantômes ;

A ses yeux sans regard chaque spectre à son tour
  Dans le brouillard humide

Passait : Gaul que Zarno vit régner dans sa tour,
Et Comhal qui portait des plumes de vautour
    Sur son casque numide ;

Leth dont le bras s'armait d'un grand bouclier rond,
    Tout ridé de blessures ;
Uval dont les combats virent blanchir le front,
Et Luno qui fauchait d'un glaive ardent et prompt
    Les phalanges peu sûres ;

Rathmor avec son crâne entr'ouvert, d'où le sang
    Coulait comme d'une urne,
Et Colma près de lui, pâle et muet, laissant
Tomber ses pleurs amers qu'essuyait en passant
    L'aile du vent nocturne ;

Fingal dont les cheveux ruisselaient gris et longs
    Sur son morne visage ;
Oscar dont l'œil brillait comme l'œil des aiglons,
Et Malvina pareille au lis pur des vallons
    Qu'un pied foule au passage.

Et le barde, appuyé tout pensif et rêvant
    Sur sa harpe plaintive,

De leurs corps de vapeur dans la nuit se mouvant,
Voyait sous ses yeux morts se balancer au vent
　　　La foule fugitive.

Et son cœur palpitait plus vite dans son sein,
　　　Son cœur rempli d'alarmes;
Et, tant que remuait le fantastique essaim,
Sa voix les appelait l'un après l'autre en vain,
　　　Sa voix pleine de larmes.

Ainsi, — de l'avenir tournant vers le passé
　　　Nos longs regards moroses,
Quand nous reconstruisons chaque jour effacé
Dont la tristesse fit, à son souffle glacé,
　　　Pâlir les fraîches roses, —

Fantôme au front penché qui tend vers nous la main,
　　　Sinistre et noir convive,
Spectre obscur qui toujours marche en notre chemin,
Ombre d'hier qui met son voile sur demain,
　　　Chaque regret arrive,

Chaque espoir avorté, vain songe évanoui,
　　　Fugitive chimère,

Et chaque amour au fond de l'âme épanoui,
Et de mille douleurs le cortége inouï,
      Foule à la voix amère.

Toujours sur le passé pourquoi donc revenir ?
      Au lieu d'un jour de fête,
Pourquoi d'un jour de deuil chercher le souvenir ?
Marchons, amis, les yeux fixés sur l'avenir,
      Sans détourner la tête.

                    Avril 1830.

La migration des oiseaux.

Et migrare vos faciam.
Amos, v, 27.

Voici, voici venir le temps des hautes crues,
Fleuves, et vous coulez où Dieu vous fait couler.
Voici venir l'hiver, ô triangles des grues,
Et vous allez au sud où Dieu vous dit d'aller.

Le long des lacs profonds et des mers boréales,
Au fond du nord, où monte à minuit le soleil,

Vous avez vu briller ces clartés idéales
Que le pôle dessine à l'horizon vermeil.

Vous avez mesuré de vos ailes brumeuses
Ces golfes et ces caps où se heurtent les flots,
Rêvé, le jour, au bruit des vagues écumeuses,
Et reposé, la nuit, sous le toit des bouleaux.

Au bord des grands marais, au bord des eaux grondantes,
Voyageuses de l'air, vous avez, tout l'été,
Fait, du matin au soir, vos chasses abondantes
Et vécu dans la joie et la prospérité.

Et voici que le vent mugit, et que commence
L'hiver aux jours obscurs, l'hiver aux longs ennuis :
Et vous voilà partant pour ce voyage immense
Que vous continuez même pendant les nuits.

Bientôt vous franchirez les grands déserts numides,
Les sirtes de Libye et l'oasis d'Ammon,
Et vos cris salûront, du haut des pyramides,
Le fleuve de Memphis, le Nil au gras limon.

Et, tandis que le froid de ses neiges moroses

Étendra le manteau sur nos bords désolés,
Vous vivrez au milieu des lotus aux fleurs roses
Et sous le vert abri des palmiers étoilés.

Mais, le printemps venu, vos ailes palpitantes
Regagneront le nord en automne quitté.
Vous alternez ainsi, tour à tour habitantes
Du sud pendant l'hiver, du nord pendant l'été.

Nous ferons tous un jour aussi notre voyage,
Mais seuls. dans une nuit ténébreuse où les pas
Trébuchent, comme ils font sous un obscur nuage;
Et, partis une fois, nous n'en reviendrons pas.

Heureux qui trouve au bout de cette route morne,
O vaste éternité que rêvent tous nos jours,
Ce bonheur calme et pur qui n'a ni fin ni borne
Sous les palmiers du ciel qui fleuriront toujours!

Octobre 1856.

Sur l'album de Mlle Rosalie Kastner,

PIANISTE.

—————

This sweet wreath of song.
Th. MOORE.

La nuit, reine du mystère,
Sème l'ombre solitaire
De ses mille étoiles d'or,
Et de mille perles blanches
La forêt aux vertes branches,
Où s'éteint le chant du cor.

Le printemps épanche aux plaines
Les corbeilles toutes pleines
De ses fleurs, joyaux charmants.
L'aube aux herbes arrosées
Verse l'urne des rosées,
Son écrin de diamants.

Vous, enfant de Dieu bénie,
Vous qu'inspire le génie,
Vous lâchez de vos doigts blancs
Sur les foules réunies
L'essaim d'or des harmonies,
Ces oiseaux étincelants.

Février 1854.

Le miroir caché.

Manet altà mente.
Virg. *Æneid*. 1, 30.

Loin des yeux du monde en mon cœur je garde,
En mon cœur je garde un miroir charmant.
Sur son pur cristal, lorsque j'y regarde,
L'ombre du passé flotte vaguement.

Comme au fond des bois, dans son nid de mousse,
Au printemps soupire un oiseau d'amour,

Dans mon cœur tout bas une voix si douce
Chante jour et nuit, chante nuit et jour.

Dans ce beau miroir c'est ta blonde image
Que je vois toujours, ange au frais souris;
Cet écho lointain c'est ton doux ramage,
O mon ange aimé que le ciel m'a pris.

12 Août 1855.

Au Dante sur ses détracteurs.

Non attender la forma del martire :
Pensa la successione.
    DANTE, *Purgatorio*, x, 108.

Ce n'était pas assez, rhapsode aux vers d'airain,
D'avoir vu s'attacher à ton nom souverain
    Et l'envie et l'outrage,
D'avoir traîné dans l'ombre et dans l'exil amer
Tes jours aussi troublés que les flots de la mer
    Tourmentés par l'orage ;

6

Ce n'était pas assez d'avoir eu cet ennui
De monter l'escalier toujours si dur d'autrui,
Rampe sombre où le pied à chaque pas trébuche,
Ni d'avoir, toi que l'art nourrissait de son miel,
Vu ton vin le plus pur se transformer en fiel,
Ton sentier le plus vert recéler quelque embûche ;

Ni d'avoir, ô poëte armé de ta vertu,
Combattu sans relâche et toujours combattu,
      Ni d'avoir, —lutte ardente ! —
Étouffé, comme Hercule, en tes bras les serpents,
Les hydres, les lions, mille monstres rampants,
      O mon poëte, ô Dante !

Après les sangliers, les tigres et les loups,
Voici, voici venir les insectes jaloux,
Le puceron hideux, le cloporte difforme,
Et le taret sournois, ce nocturne ouvrier,
Vermine qui s'installe au flanc de ton laurier,
Lèpre qui sur le beau met sa laideur sans forme.

Sans doute, ce n'est point pour ceux-là que tes mains
De ton enfer profond creusèrent les chemins
      Et les routes funèbres,

Ni pour eux que tu fis, chantre aux rhythmes grondants,
Tournoyer à travers tes sept cercles ardents
    L'échelle des ténèbres.

Car tu ne songeais pas à ces nains, ô géant.
Le chêne, des buissons dédaigne le néant.
Le soleil ne sait pas un mot de la nuit sombre.
Le diamant se rit du caillou ténébreux,
L'Océan, des lacs noirs et des marais fiévreux,
Et l'aigle, des hiboux, amis obscurs de l'ombre.

Cependant n'as-tu pas, ô mon poëte, dis,
N'as-tu pas, dans ces lieux où hurlent les maudits,
    Prisonniers de tes geôles,
N'as-tu pas, dans un coin perdu de ton enfer,
Quelque réchaud usé, quelque vieux gril de fer
    Pour y rôtir ces drôles ?

Au fond des régions qu'habitent les damnés,
Dans la cité lugubre où sont les condamnés
Que tu tiens enchaînés dans tes strophes sinistres,
N'as-tu pas, ô poëte aux glorieux destins,
Quelque vieux chevalet où percher ces crétins,
Quelque reste de fouet pour flageller ces cuistres ?

A moins qu'au plus profond du Malebolghe noir,
Creusé sous ton enfer, ce sinistre entonnoir,
　　　　Plein d'ombre et plein de flammes,
Tu n'aimes mieux donner un bain à ces pédants
Dans les glaces du lac, Cocyte aux flots stridents,
　　　　Où grelottent les âmes;

Ou que, de haine moins que de pitié rempli,
Tu n'aimes mieux encor les jeter dans l'oubli
(Comme un arbre secoue au vent les vils insectes),
Ces eunuques de l'art, magisters décrépits,
Vieux crânes sans cervelle et chaumes sans épis,
Gérontes dont l'esprit est plein d'ombres suspectes.

Mai 1853.

A PROPOS D'UN LIVRE D'HEURES

OFFERT

à S. A. R. Madame la princesse Charlotte

PAR LA COMMUNE DE LAEKEN.

> Præbes vires in infesto
> Laboranti prœlio.
> SANCTI AUGUSTINI *Hymn.*

O livre fait d'une pensée,
O livre fait d'un souvenir,
Pour la royale fiancée
Sois un phare dans l'avenir.

Toi qui connais sa vie entière,
O saint trésor de piété,

6

Sois pour son cœur une lumière,
Pour son esprit une clarté.

Tout ce qu'il faut qu'un jour on quitte,
Sinon sans larmes, sans remords,
Lieux où le cœur toujours habite,
Toit des vivants, tombeau des morts ;

Patrie où l'on était aimée,
Patrie où l'on nous aime encor,
Terre de souvenirs semée,
Guérets couverts de gerbes d'or ;

Passé, flot charmant qui déferle,
Fait de joie et non de douleur ;
Écrin dont on était la perle ;
Jardin dont on était la fleur ;

Maison de nos rêves remplie ;
Écho dont on était la voix ;
Tout ce que jamais on n'oublie,
Tout ce qu'on n'aime qu'une fois ;

Tout cela vit et se reflète

Dans tes pages, livre pieux,
Qui, lorsque la main te feuillette,
Parles au cœur autant qu'aux yeux.

Beau livre, à celle qui t'emporte
Rappelle tout cela souvent.
O clé qui nous ouvres la porte!
O conseiller toujours vivant!

Rends-lui chaque devoir facile.
Fais son chemin toujours fleuri.
Dans la douleur sois son asile.
Dans l'orage sois son abri.

Sois le guide qu'elle aime à suivre
Et dont elle écoute la voix.
Fais-la penser toujours, ô livre,
Et fais-la rêver quelquefois

20 juillet 1857.

A une enfant.

———

Sinite pueros venire ad me.
Evang. sec. Lucam, xviii, 16.

———

Jeune enfant, qu'il est beau le rêve de votre âge!
Comme une fleur de mai qu'ignore encor l'orage,
Aux pleurs de la rosée, aux rayons du printemps
    Souriez bien longtemps.

Car il est tant de maux et de deuils dans la vie,
Tant de chemins errants où notre foi dévie,

Tant d'abîmes cachés sous nos sentiers fleuris,
De larmes sous nos ris.

Laissez jouer au vent le clair et beau nuage
Que dore le soleil en son flottant voyage.
Le regret assez vite arrive sur nos pas.
Enfant, n'échangez pas

Vos jours riants et purs contre nos jours moroses ;
Ne quittez pas trop tôt votre jardin de roses
Pour notre forêt sombre aux chemins ténébreux
Qui se croisent entre eux.

Restez sous vos berceaux si frais, sur la lisière
Du labyrinthe obscur, béante fondrière ;
Jouissez-y du temps que vous donne le ciel,
De vos heures de miel.

Écoutez-y de loin la rumeur de la chasse
Que la brise à travers les feuilles roule et chasse,
Et, parmi les taillis, la fanfare des cors
Gémissant en accords ;

Et, sous l'acacia, la chanson des mésanges,

Si douce qu'on dirait l'hymne lointain des anges
Saluant l'enfant né dans la nuit de Noël
   Du nom d'Emmanuel.

Cueillez-y vos bouquets de pâquerettes blanches,
Et de myosotis, doux frères des pervenches,
Et de muguets d'ivoire et de narcisses d'or
   Où la mouche s'endort.

Mais ne franchissez pas d'un pied votre limite,
Belle enfant, pour chercher la grotte d'un ermite
Ou les œufs d'un bouvreuil errant loin de son nid
   Que le bon Dieu bénit.

Car vous ne trouveriez, dans le dédale immense,
Que torrents écumeux roulant comme en démence,
Que loups au regard fauve, et sangliers grondants
   Qui s'aiguisent les dents ;

Que monstres jour et nuit veillant dans leurs repaires,
Basilics couronnés, couleuvres, et vipères,
Et boas déroulant leurs anneaux assouplis
   Sur le sol aux grands plis.

         Mai 1833.

Le livre de Dieu.

Nicht in gedruckten Büchern nur
  Sollt ihr lesen lernen,
Sondern auch in dem Buch der Natur.
  Von Pocci.

Ce n'est pas seulement dans les livres écrits
  Que nous devons apprendre.
Car le livre de Dieu parle mieux aux esprits
  Qui savent le comprendre.

Poëme du Seigneur, lui-même de ses mains
  Écrivit tes merveilles,

Lui qui de vérités nourrit les cœurs humains
Et de miel les abeilles.

Ouvert à tous les yeux, ouvert à tous les temps,
Au soleil comme à l'ombre,
La nuit, tes lettres sont les astres éclatants,
Le jour, les fleurs sans nombre.

L'espace où va planant l'aile du roi des airs,
L'aigle des hautes cimes,
Et les plaines des flots et celles des déserts
Sont tes pages sublimes.

De l'Éternel partout nous lisons la grandeur
Sur ces pages sacrées,
De fleurs et d'astres d'or, double et sainte splendeur,
Tour à tour éclairées.

Partout son nom reluit majestueux et grand
Et sa gloire étincelle,
Et toute nation et tout siècle comprend
Ta langue universelle.

O Seigneur, ô Seigneur, éternel, infini,

De même dans notre âme
Que votre nom sacré, que votre nom béni
Brille en lettres de flamme,

Afin que nous ayons en nous une clarté
Pour nos heures de doute
Et qu'il nous illumine, astre de vérité,
Et nous montre la route !

Septembre 1856.

La fête des fleurs.

C'hoari awalc'h a vo enan,
Mar vo biken war aun bed-man.

Chanson bretonne.

Quelle fête sur la terre !
Quelle fête dans les cieux !
La nature est un parterre.
Tout sourit au cœur, aux yeux.
Oh ! la joie est bien complète.
Primevère et violette,

Toute fleur est en toilette
Comme un jour de bal joyeux.

Si la rose à peine lace
Son corsage de satin,
L'églantine se prélasse
Dans les brises du matin.
La luzerne a son aigrette,
Et la fraîche pâquerette,
Ajustant sa collerette,
Prend son air le plus mutin.

Des essaims de chèvrefeuilles
Vont courant le long du mur ;
Le narcisse aux larges feuilles
Suit leurs traces d'un pied sûr,
Cependant que sous vos branches,
Aubépines toutes blanches,
On voit rire les pervenches,
Rire avec leurs yeux d'azur.

Marguerites orgueilleuses
Qui marchez si fièrement,
Au collier des scabieuses

Voyez luire un diamant ;
Et, sans craindre l'œil des faunes,
Les jonquilles, sous les aunes,
Mettre leurs mantilles jaunes
Pour vous suivre prestement.

Puis voilà les digitales
Qui, dans l'ombre des bouleaux,
Font bruire leurs crotales
En chantant : « Honneur et los ! »
Et rassemblent, dans les prées,
Les clochettes affairées
Aux timbales azurées,
Les muguets aux blancs grelots.

Pourquoi donc, joyeuse bande,
Pour sourire aux bleux ruisseaux,
Pour danser la sarabande
Aux musiques des oiseaux,
Tout ce luxe qu'on déploie,
Or, satin, velours et soie,
Gaze et moire qui chatoie,
Et dentelle aux fins réseaux ?

— « Ouvre donc les yeux, poëte,

« Toi qu'une ombre fait rêver.

« Depuis l'aube l'alouette

« Nous invite à nous lever.

« Car là-bas la rose ouverte

« De sa pourpre s'est couverte ;

« Sur son trône d'herbe verte

« Elle tient son grand lever.

« Hier c'étaient les fiançailles

« De la rose et du printemps.

« A tantôt les épousailles

« Au milieu des chœurs chantants.

« La forêt est la chapelle.

« Toute fleur s'est faite belle

« Pour la noce qui l'appelle.

« Adieu donc, car il est temps. » —

Fleurs charmantes, fleurs joyeuses,

Oh ! courez au fond des bois

Dans vos rondes gracieuses

Rire aux gammes du hautbois ;

Car aux brises parfumées

Les bouvreuils, sous les ramées,

Sèment leurs chansons aimées
Et les perles de leur voix.

Pour vous, belles ingénues,
L'aube éveille les oiseaux
Et dévide dans les nues
Les fils d'or de ses fuseaux.
Mai pour vous, ô fleurs bénies,
Sous ses branches rajeunies
Fait chanter ses symphonies
Et les hymnes des ruisseaux.

Souriez, charmante foule,
Aux beaux jours sans lendemain.
Fleurs fragiles, l'homme foule
Tant d'espoirs dans son chemin.
Le printemps c'est l'allégresse.
Mais, que passe la jeunesse,
Plus de rose qui renaisse
Au jardin du cœur humain.

Mai 1854.

Leçon de charité.

———

Plenitudo ergo legis est charitas.
Saint Paul, *Epit. aux Rom.*, XIII, 10.

Que j'aime à parcourir l'Allemagne et ses routes,
Ses grands chemins bordés de beaux arbres à fruit,
Dont les branches toujours abritent sous leurs voûtes,
O merles, vos chansons, ô moineaux, votre bruit !

Arbres hospitaliers, que la harpe des brises
Remplit de ses concerts (je les entends encor),

Juin pend à vos rameaux les rubis des cerises,
Et septembre au soleil jaunit vos pommes d'or.

L'été, quand la fraîcheur au fond des bois s'exile
Et que le voyageur chemine en haletant,
Vous avez un abri, vous avez un asile,
Et vous lui dites : « Viens, voyageur, on t'attend. »

Vos racines lui font un moelleux banc de mousse,
Et vos branches, trésor de ceux qui passeront,
Lui tendent leurs fruits mûrs, leur ombre calme et douce,
Pour étancher sa soif et rafraîchir son front.

Vous pratiquez ainsi la loi sublime et tendre,
La loi de charité, la loi de Jésus-Christ.
Arbres, qui donc a pu mieux qu'à nous vous l'apprendre ?
Car vous ne lisez pas Dieu dans un livre écrit.

Septembre 1856.

Foi.

Quoniam novit Dominus viam.
Ps. I, v. 6.

Laissons, ô mes amis, laissons courir le temps.
Le rossignol n'a pas toujours son tiède ombrage.
Souvent avril jaloux obscurcit d'un orage
    L'aube vermeille du printemps.

Qu'y faire? C'est la loi, c'est la loi de ce monde.
Quel œil humain pourrait sonder ce grand secret?

Au fond de toute joie on trouve le regret,
　　Dans tout lac bleu quelque hydre immonde.

Laissons courir le temps ; et ne nous plaignons pas
Si l'horizon toujours de plus d'ombre se voile,
Si l'aquilon plus fort déchire notre voile
　　Qui flotte en lambeaux à nos mâts.

Dieu seul a le secret, Dieu seul, de toute chose.
Il sait d'où vient la nue en voyage dans l'air,
Et le but où descend la flèche de l'éclair,
　　Et tout effet de toute cause.

Il sait où va la source à travers les vallons,
Et la feuille des bois qu'à sa branche, en automne,
Arrache la tempête aride et monotone ;
　　Et nous, il sait où nous allons.

Il sait où nous allons. Suivons donc notre voie,
Sans refaire nos jours de relais en relais ;
Et, sombres ou dorés, mes amis, prenons-les
　　Ainsi que Dieu nous les envoie.

　　　　　　　　　　　　　　Octobre 1852.

Aux absents.

———

Qui nunc... per iter tenebrosicum.
CATULL. *Carm.* III, 11.

Près du lac d'azur, sous le ciel sans voiles,
Je rêvais un soir,
Et le ciel comptait son écrin d'étoiles
Dans ce bleu miroir.

Sous les bois obscurs quel charmant silence,
Quels concerts charmants

Dans les nids chanteurs que la nuit balance
　　Sur les flots dormants !

Syringas d'ivoire, églantines blanches,
　　A la brise ouverts,
D'enivrants parfums, qui tombaient des branches,
　　Embaumaient les airs.

Comme, au bord du lac que la brise effleure,
　　Je rêvais ainsi,
O mes souvenirs, dans mon cœur qui pleure,
　　Vous chantiez aussi.

Je songeais à vous que sur tant de grèves,
　　Mes amis absents,
Cherchent vainement, vainement mes rêves,
　　Rêves impuissants.

Je songeais à vous, exilés dans l'ombre
　　Des tombeaux jaloux,
Que l'éternité, cette porte sombre,
　　A fermés sur vous.

Voyageurs obscurs de ces noirs royaumes

Où les morts s'en vont,
Vous errez là-bas, ô mes chers fantômes,
Dans leur nuit sans fond.

Mais ces chants d'oiseaux, visions aimées,
Me rendaient vos voix,
Et je vous voyais, ombres ranimées,
Tous comme autrefois :

L'un tombé tout jeune à sa fraîche aurore,
En son vert printemps,
Pauvre fleur que Dieu fit, hélas ! éclore
Pour si peu d'instants ;

L'autre rayonnant de la flamme ardente
Que l'on voit au front
Des prédestinés qui seront des Dante
Quand les ans viendront.

Songe triste et doux, rêve plein de charmes,
Devait-il finir ?
Et faut-il ne voir qu'à travers des larmes
Votre souvenir ?

Car je sens des pleurs, ô visages pâles,
Sourdre de mes yeux
Quand la nuit revient de ses mille opales
Émailler les cieux.

Juillet 1854.

L'étoile disparue.

————

Stella prius superis fulgebas.
Auson. *Epigr.* cxxxvi.

Dans l'azur du ciel elle glisse et passe,
Elle glisse et passe et s'évanouit.
Et mes yeux encor cherchent dans l'espace
Sa lueur charmante à travers la nuit.

Douce étoile, hélas! de tes sœurs sans nombre
Le voilà qui luit tout le chœur joyeux,

Et la nuit te prend dans son voile sombre
Comme un oiseleur un oiseau des cieux.

Rose épanouie à quelque arbre étrange
Qui dans l'air étend ses rameaux de feu,
Rayonnant joyau du collier d'un ange,
Diamant tombé du manteau de Dieu,

En ce grand désert, océan sans borne,
Dont les aigles vont arpenter le seuil,
Te voilà roulant pâle, éteinte et morne,
Entraînant — qui sait ? — tout un monde en deuil.

Oh ! j'avais aussi dans ma nuit un astre
Dont les doux rayons éclairaient mes yeux.
Mais un jour, un jour, ô cruel désastre !
Pour jamais il a disparu des cieux.

12 août 1837.

A mon ami Achille Jubinal.

Parvulus enim natus... et filius datus est.

Isaïe, ix, 6.

A la ruche d'or manquait une abeille,
Une étoile aux cieux, lis du firmament.
Une fleur vermeille
Au rosier charmant.

Chêne, qui répands au gazon ton ombre,
Il manquait, hélas! sous ton frais berceau

8.

De rameaux sans nombre,
Une voix d'oiseau.

Chante, ô ruche d'or, car voici l'abeille.
Vois, ô ciel d'azur, l'astre blanc surgir.
Vois la fleur vermeille,
O rosier, s'ouvrir.

Chêne, dont le front monte dans l'espace,
Sous ton frais feuillage un oiseau des cieux
Jette au vent qui passe
Mille cris joyeux.

Cette abeille d'or, cette étoile douce,
Cette fleur éclose à son vert rameau,
Dans son nid de mousse
Ce charmant oiseau,

C'est l'enfant vermeil, c'est la douce chose,
C'est l'esprit vivant et prédestiné,
L'enfant blond et rose
Que Dieu t'a donné.

Septembre 1857.

Les Laboureurs.

Et habebis thesaurum in cœlo.
Evang. sec. Matthæum, xix, 21.

Nous portons dans nos champs la bêche et la charrue
Et la herse qui mord la glèbe avec ses dents,
Et, chaque jour, l'aurore à peine reparue,
Nous sommes à l'ouvrage, ô laboureurs ardents.

Courbés jusqu'à la nuit sur notre tâche austère,
Les membres fatigués et le cœur haletant,

Nous creusons nos sillons, nous déchirons la terre,
Et promenons nos socs dans le sol palpitant.

Et quand l'aube revient, le labeur recommence,
Et le soir au travail, le soir nous trouve encor
Dans nos sillons ouverts qui jetons la semence,
La graine, cet espoir des belles gerbes d'or.

Dès lors plus de repos. Nous craignons les gelées,
Nous observons le ciel, nous écoutons le vent,
Nous redoutons avril aux froides giboulées,
Même nous gourmandons le mois de mai souvent.

Nous prions pour un peu de soleil ou de pluie.
Tout est pour nous espoir ou crainte, ombre ou lueur,
Selon que le blé pousse, où l'aube réjouie
Épanche sa rosée et l'homme sa sueur.

Juillet nous tire enfin de nos craintes étranges.
Toute la plaine alors résonne de nos chants.
De nos javelles d'or nous encombrons nos granges,
Ou nous les entassons en meules dans nos champs

Toute l'année ainsi, remplis d'inquiétude,

Nous allons parcourant le cercle des saisons.

Grossir quelque fortune est notre seule étude,

Et notre seul espoir l'espoir de nos moissons.

On travaille, on fatigue, et l'on croit être riche

Lorsque nos coffres sont gorgés d'argent et d'or.

Mais combien d'entre nous laissent leur cœur en friche,

Leur cœur où germerait un bien plus beau trésor !

Car bâtir sur la terre est bâtir sur le sable,

Et rien ne nous survit de nos ambitions.

L'homme n'emporte au ciel qu'un bien impérissable :

Ce bien c'est sa moisson de bonnes actions.

Octobre 1856.

Dans un Observatoire royal.

Suche die Wissenschaft.
HERDER.

Ici l'on regarde la terre
Un peu plus souvent que le ciel.
Quand là-haut tout n'est que mystère,
Ici-bas est l'essentiel.

Nous laissons la nuit constellée
Vaguer dans son désert obscur

Et traîner sa robe étoilée
Dans ses plaines de sombre azur.

Nous laissons les Ourses du pôle
Rugir dans le septentrion,
Le Cocher, son fouet à l'épaule,
Sourire aux flammes d'Orion.

Nous laissons la Lyre idéale
User ses cordes dans les cieux,
Auprès de l'Hydre boréale
Qui tord ses nœuds capricieux.

O science, garde tes voiles;
Garde la clé de ton séjour,
A moins qu'avec l'or des étoiles
Tu ne battes monnaie un jour.

De ton livre aux lettres obscures
A quoi bon déchiffrer le sens?
Le ciel n'a point de sinécures
Dans ses astres éblouissants.

Dès lors à quoi sert-il qu'on braque

Là-haut son télescope ? — Encor
Si du Taureau du zodiaque
Le bon Dieu faisait un veau d'or !

Juin 1853.

La Cloche qui tinte.

A MA MÈRE.

Εἰς τὸν αἰῶνα.
Saint Jean, *Épître II*, v. 2.

Le soir déployait tous ses voiles
Dans l'air, comme un vaste linceul.
La nuit allumait ses étoiles,
Et moi je partais triste et seul.
Le ciel voyait fondre ses teintes,
Et vous finissiez, mes beaux jours...

9

O cloche qui tintes, qui tintes!
O cloche qui tintes toujours!

Tandis que j'allais seul dans l'ombre
Le long de la verte forêt,
Sonnait sous la feuille plus sombre
La cloche du soir qui pleurait.
C'étaient des murmures, des plaintes,
Forêt, dans tes mornes détours...
O cloche qui tintes, qui tintes!
O cloche qui tintes toujours!

Au bout de la calme vallée,
Là-bas je fis halte un instant,
Pour voir, ma maison désolée,
Ton toit le dernier en partant.
Je vis tes fenêtres éteintes,
Maison où restaient mes amours...
O cloche qui tintes, qui tintes!
O cloche qui tintes toujours!

Depuis, il remplit mes oreilles
Ton rhythme rêveur et charmant.
Quel chant a des notes pareilles,

La nuit sous le bleu firmament ?
Bercé par tes douces complaintes,
Des ans je remonte le cours,
O cloche qui tintes, qui tintes !
O cloche qui tintes toujours !

Et rien, ni le bruit de la gloire,
Ni l'hymne des mers ou des bois,
Écho qui remplis ma mémoire,
Ne peut étouffer cette voix.
Adieux éternels, larmes saintes,
Tu sais tous les deuils de mes jours,
O cloche qui tintes, qui tintes !
O cloche qui tintes toujours !

Musique si douce et si tendre
Qui pleures dans l'air gémissant,
Que j'aime, que j'aime à t'entendre,
Si triste que soit ton accent.
Le monde a ses noirs labyrinthes
Qu'au moins avec toi je parcours,
O cloche qui tintes, qui tintes !
O cloche qui tintes toujours !

Dédale trompeur que la vie !

Chemin ténébreux, noir sentier,

Je l'ai, sans orgueil, sans envie,

Je l'ai parcouru tout entier.

Mes pieds ont laissé leurs empreintes

Dans tous ses obscurs carrefours...

O cloche qui tintes, qui tintes !

O cloche qui tintes toujours !

Ainsi qu'une voix printanière

Qu'on croit dans un rêve écouter,

Dieu fasse, à mon heure dernière,

Qu'encor je t'entende chanter !

La mort aux sinistres étreintes

Alors peut me dire : « J'accours !... »

O cloche qui tintes, qui tintes !

O cloche qui tintes toujours !

Mai 1857.

L'arbre qui s'effeuille.

Velut quercus defluentibus foliis.
Isaïe, i, 30.

L'arbre était jeune et fort. Ses rameaux familiers
    S'étendaient dans l'espace.
Il accueillait, ouvrant ses bras hospitaliers,
    Le voyageur qui passe.

Il était jeune et fort. Aux rayons du soleil
    Quand frissonnaient ses branches,

9.

Il vous jetait, gazons aux boutons d'or vermeil,
  Ses fleurs roses et blanches.

Les brises murmuraient leurs hymnes infinis
  Dans ses feuilles sans nombre,
Et mille oiseaux joyeux y suspendaient leurs nids
  Et chantaient à son ombre.

Tempêtes, ouragans, douleurs, tout s'est lassé
  En éprouvant sa force ;
Et Dieu sait que de mains charmantes ont laissé
  Un nom sur son écorce.

Mais c'était le printemps, aube où l'on voit fleurir
  L'arbre aussi bien que l'âme,
L'arbre qui dans ses flancs sent la séve courir,
  L'esprit qui sent sa flamme.

Et maintenant voici que s'effeuillent aux vents
  Toutes ces fleurs aimées,
Espoirs, illusions et rêves décevants,
  Que portaient ses ramées.

Et plus d'avril qui rende à l'arbre ses bouquets

De fleurs roses et blanches,
Ni les groupes d'oiseaux dont les charmants caquets
Réjouissaient ses branches.

Car voici qu'il s'en va sans nous dire : « Au revoir, »
L'âge des doux mensonges,
L'âge où l'esprit franchit sa montagne et peut voir
Le revers de ses songes.

Or, cet arbre c'est moi. Sur mon front a passé
Plus d'un souffle d'orage,
Et plus d'un bûcheron a sur mon tronc usé
Sa force et son courage.

Le printemps a couvé sous mon dôme fleuri
Des nids chanteurs sans nombre,
Et bien des voyageurs qui cherchaient un abri
L'ont trouvé dans mon ombre.

A tous les vents du ciel j'ai livré mes chansons,
Du couchant à l'aurore ;
Je sais plus d'un écho blotti dans les buissons
Qui les répète encore.

Aux brises du matin comme aux brises du soir
  J'ai semé mes pensées.
Que de passants j'ai vus sous mon toit vert s'asseoir
  Qui les ont ramassées!

Mes strophes ont aux uns appris la piété,
  Mot où Dieu se reflète,
Aux autres l'espérance avec la charité
  Par qui tout se complète.

J'ai mêlé quelquefois ma prière aux vains bruits
  Que le vulgaire écoute.
Et le Seigneur, si j'ai porté quelques bons fruits,
  S'en souviendra sans doute.

Septembre 1856.

A M. Eugène Hubert,

PROFESSEUR DE DROIT.

Quod metuas nou est.
OVID. *Ex Ponto,* I, 1, 23.

Tout homme a son but sur la terre.
Tout homme a son chemin profond.
Des cieux l'un fouille le mystère;
L'autre sonde, penseur austère,
Le cœur, cet abîme sans fond.

Le guerrier avec son épée
Marche au-devant de l'avenir,

Pour sculpter dans quelque épopée,
Ame au feu des périls trempée,
Les lettres de son souvenir.

Avec sa proue aventureuse
Le marin, laboureur des flots,
Au bout du sillon vert qu'il creuse
Montre sur la mer ténébreuse
Quelque monde à ses matelots.

Plongeur qui cherche au fond de l'onde
Les perles aux reflets charmants ;
Mineur qui, de sa main féconde,
Arrache à la terre profonde
Le feu durci des diamants ;

Pasteur qui garde la prairie
Et veille aux portes du bercail ;
Ouvrier qu'entend la patrie
Chanter l'hymne de l'industrie,
Cette prière du travail ;

Artiste, architecte ou manœuvre,
Chacun a sa tâche ici-bas.

Aussi faisons, ami, notre œuvre.
Marchons, et, si quelque couleuvre
Nous mord aux pieds, ne bronchons pas.

Que le ciel se couvre ou se dore, —
Depuis l'aurore jusqu'au soir,
Depuis le soir jusqu'à l'aurore,
Marchons toujours, marchons encore
Dans le droit sentier du devoir.

Marchons par les sables des grèves,
Par les rochers mal abrités,
Par les embûches et les glaives,
Moi poëte, glaneur de rêves,
Toi moissonneur de vérités.

Octobre 1857.

Le Rocher de la Cascade.

———

Justum et tenacem propositi virum
Non civium ardor prava jubentium,
Non vultus instantistyranni
Mente quatit solida.

HORACE, *Od.* III, 3.

O rocher, ce torrent dont l'eau bouillonne et fume
Te bat de sa fureur qui jamais ne finit.
Il roule incessamment son onde et son écume
      Sur tes flancs de granit.

Et toujours et toujours, sans relâche et sans trêve,
Il va multipliant ses assauts furieux ;

Et le saule là-bas, morne songeur qui rêve,
Demande qui de vous sera victorieux ;

Et l'aigle par moments, après ses longs voyages,
Quand il vient étancher sa soif au flot qui bout,
Te contemple et regarde à travers les nuages
  Si tu restes debout.

Rien pourtant ne t'émeut. Sur ta base profonde
Tu demeures tranquille et ferme, défiant
Le torrent impuissant, qui se tourmente et gronde
Sans pouvoir entamer ton granit, ô géant.

Ainsi l'homme qui sent sa force et qui domine
Les uns par sa vertu, les autres par son cœur,
Aux trames que l'esprit des envieux rumine
  Jette un rire moqueur.

Il rit de leur colère, il rit de leur démence.
Car il sait qu'un nadir répond à tout zénith,
Que l'ouragan plus fort trouble la mer immense ;
Mais ce qu'il sait surtout c'est qu'il est de granit.

Septembre 1856.

Au bord du Lac.

IMITÉ DU FINNOIS.

———

> Wir sassen Hand in Hand.
> Kein Blättchen rauscht' im Winde.
> UHLAND.

Un jour, près de l'ondé azurée,
Nous rêvions sous le vieux bouleau,
Regardant, ma belle adorée,
Le limpide miroir de l'eau.
Nous rêvions sous le vieux bouleau.

Et tu me disais, ô ma belle :

« A toi tous mes vœux et mes jours.

« Je te garde mon cœur fidèle ;

« Je te garde mon cœur toujours.

« A toi tous mes vœux et mes jours.

« Plus profond et plus pur que l'onde,

« Miroir des étoiles du ciel,

« Mon amour à toi seul au monde.

« A toi mon amour éternel,

« Miroir des étoiles du ciel. »

Et je t'écoutais, ô ma vie.

C'était comme un rêve des cieux.

J'avais l'âme toute ravie.

Tout mon cœur brillait dans tes yeux.

C'était comme un rêve des cieux.

Et, penchés sur l'onde azurée,

Oh ! quel doux et charmant tableau !

Nos sourires, mon adorée,

Se cherchaient au miroir de l'eau.

Oh ! quel doux et charmant tableau !

Juin 1837.

La Guerre d'Orient.

———

France tient et porte l'espée
De justice.
PHILIPPE MOUSKÈS, v. 26597.

I.

O France! et l'on disait : « Ton histoire est fermée.
« Plus rien de grand ne bat au cœur de ton armée.
« Ton aigle ferme l'œil aux éclairs des canons.
« Bons à traquer les loups d'Afrique en leurs repaires,
« Les enfants ne sont plus que les ombres des pères,
« Ces géants dont l'Europe a retenu les noms.

« Hier tu sentais trembler le monde,

« O reine, sous ton large orteil.

« Le songeur qui crée et qui fonde

« Venait te demander conseil.

« Reniant ses gloires banales,

« Le siècle en tes vastes annales

« Étudiait son lendemain.

« Ta puissance était renommée.

« Ta lampe toujours allumée

« Servait de phare au genre humain.

« Mère des grands esprits, nourrice des idées,

« Ton sein versait la vie aux âmes fécondées.

« Tu prêtais ta lumière aux générations.

« L'ange de l'avenir t'avait pour fiancée.

« A tous les vents du ciel tu semais ta pensée,

« Et réglais sur tes pas les pas des nations.

« Rien de grand ne pouvait éclore

« Qu'aux feux de tes rayonnements.

« Ton astre nous donnait l'aurore,

« Tes rêves, les événements.

« Tous les peuples dans leurs histoires,

« De la rumeur de tes victoires

10.

« Écoutaient bruire l'écho;

« Car devant tes clairons de guerre

« Ils avaient vu crouler naguère

« Les murs de toute Jéricho.

« Et maintenant voilà, reine découronnée,

« Que le siècle oublieux rit de ta destinée.

« Ton char de gloire verse en ses chemins étroits.

« Sur ton passé muet le temps met une nue.

« Comme un astre mourant, ta splendeur diminue.

« A l'horizon du monde, ô soleil, tu décrois.

« Tu ne comptes plus dans le nombre.

« L'Europe est complète sans toi.

« La nuit t'a prise dans son ombre.

« Le tocsin dort dans ton beffroi.

« L'automne a dévasté ta plaine.

« De ta gloire l'urne trop pleine,

« O France, est brisée en tes mains.

« Sans lire, en leurs moments de doute,

« L'écriteau planté sur ta route,

« Les peuples savent leurs chemins.

« Sur la carte du monde on t'oublie, on t'oublie.

« Tout nain monte à l'assaut sur ta force affaiblie.

« Tous les États sans toi se font et se refont.

« Le vautour russe prend dans ses ongles la terre,

« Et des remparts flottants de ses nefs l'Angleterre

« Couvre l'immensité de l'Océan profond.

    « Quand faut-il que le glaive sorte

    « De son fourreau de fer vêtu ?

    « Est-ce pour déchoir de la sorte

    « Que tes fils ont tant combattu ?

    « Qu'ils ont, soldats fiers et stoïques,

    « Fait tant de choses héroïques

    « Dont rêve notre âge ébloui,

    « Et que, dans ton ciel militaire,

    « Comme le vrai jour de la terre,

    « Le soleil d'Austerlitz a lui ?

« Que, depuis deux cents ans, ta pensée est le fleuve

« Où toute âme ayant soif de vérité s'abreuve ?

« Que tes fastes trop pleins regorgent de grands noms ?

« Et que Napoléon, dieu de ta Babylone,

« Sentinelle d'airain, veille sur sa colonne,

« Ce canon colossal fait de trois cents canons ? »

II.

Non, tu n'es pas dégénérée,
O France, ô grande nation.
Dieu ne te l'a pas retirée
Ta haute et sainte mission.
Tu domines encor le globe.
Sur ton horizon vibre l'aube
Que l'Europe cherche à son ciel ;
Et de ton flambeau séculaire
La splendeur toujours nous éclaire,
O peuple providentiel.

Non, ton histoire n'est pas close,
Prédestiné du genre humain.

L'avenir du monde repose,
Comme son passé, dans ta main.
Notre siècle, en proie aux naufrages,
Même aux foudres de tes orages
Parfois demande une clarté;
Car tu sais, ô peuple-Moïse,
Où l'attend la terre promise,
Chanaan de la vérité.

Non, tu n'as pas fini ton rôle.
Le Seigneur a besoin de toi.
Il sait ce que sur ton épaule
Il peut charger, idée ou loi.
Sur son Sinaï ceint de flammes,
Ce qu'il rêve tu le proclames;
Ta voix interprète aux vivants
Ses paroles partout semées
Par le canon de tes armées,
Par la bouche de tes savants.

Tu rouvres ta vaste épopée,
Après quarante ans de repos,
Ce poëme écrit par l'épée
Sur les pages de tes drapeaux;

Et ton glaive, ô race historique,
De cette Iliade homérique
Où chaque âge à son tour s'instruit,
Va compléter le cycle immense ;
Car ton passé c'est la semence
Dont notre présent est le fruit.

Voici le grand jour des semailles
Dont la gloire attend la moisson.
Revêts donc ta cotte de mailles
Dont l'aigle, ô France, est le blason.
Car voici l'heure solennelle.
Voici qu'il a rouvert son aile
Le vautour des invasions.
Rentré dans sa route maudite,
Attila de nouveau médite
Ses rapines de nations.

Gengiskan reprend sa cuirasse ;
Tamerlan, son sabre d'acier.
Que de sang va rougir la trace
Des pas errants de leur coursier !
Car l'Oural entend jusqu'aux nues
Hurler ces races inconnues,

Rebut de la création,
Que lâche de ses bords funèbres
L'Asie, aurore des ténèbres,
Sur la civilisation.

III.

Allons, Cherbourg, en mer tes frégates ailées!
Rochefort, tes beaux bricks aux poupes crénelées!
Lorient, tes vapeurs aux flancs doublés d'airain!
Toulon, tes grands vaisseaux aux lourdes batteries!
Brest, tes nefs à trois ponts dont les artilleries
Vont provoquer l'orage au fond du ciel serein!

Vincenne aux remparts centenaires,
Arsenal plein de bruits confus,

Tes canons gorgés de tonnerres
Qu'ils accourent sur leurs affûts !
Grenoble, apporte tes fusées ;
Strasbourg, tes bombes embrasées ;
Metz, tes congrèves aiguisées ;
Auxonne, tes mortiers béants !
O forges toujours occupées,
Saint-Étienne, où sont tes épées ?
Maubeuge, tes lames jaspées ?
Lille, tes sabres flamboyants ?

Sonnez, clairons ! sonnez, trompettes des batailles !
Allumez vos éclairs, ô glaives pleins d'entailles,
Connus du Nil, du Tibre et de l'Elbe et du Rhin !
Déployez, ô drapeaux, vos couleurs martiales,
Et rouvrez à la fois, aigles impériales,
Vos ailes sur le monde et vos ongles d'airain !

O France, aux périls aguerrie,
Marche, tes foudres à la main,
Contre la vieille barbarie
Qui menace le genre humain.
Avec l'épée, avec la lance,
Dans ses mornes déserts relance

Ces sauvages dont l'insolence
Fait une ombre à tous les soleils.
Jette à ces races attardées
Ta lumière à pleines bordées ;
Car tes bombes sont des idées,
Et tes boulets sont des conseils.

L'Angleterre, encor hier ta rivale de gloire,
Ferme sur Azincourt et Crécy son histoire.
Londre acclame Paris par-dessus le détroit.
O Rome, tu reprends ta splendeur éternelle,
Et Carthage, qui t'offre une main fraternelle,
A ton côté descend dans la lice du droit.

Allez ! Le monde vous regarde,
Et l'Europe vous bat des mains ;
Car vous êtes son avant-garde
Dans tous les glorieux chemins.
Sauvez l'intelligence humaine,
Et refoulez dans leur domaine
Ces hordes brutales que mène
L'Alaric des agressions.
De vos clartés jamais avares,
Dans toute nuit dressez vos phares,

11

Et portez à tous les barbares
L'Évangile des nations.

A tout païen pour qui Dieu n'est qu'un vain prétexte,
Du code des chrétiens faites lire le texte
Et le mot du Seigneur sur vos drapeaux écrit.
Peuple obscur que la nuit de son ombre enveloppe,
Ouvrez-lui la paupière au soleil de l'Europe
Et montrez la justice aux yeux de son esprit ;

Afin que l'Orient respire
Sans craindre de voir, chaque jour,
L'oiseau monstrueux de l'empire
Ouvrir ses ailes de vautour ;
Afin que sa sombre complice
La guerre ferme enfin sa lice ;
Que l'œuvre de Dieu s'accomplisse,
L'œuvre de paix qu'il faut bénir ;
Qu'une aube nouvelle se lève ;
Que la bêche sorte du glaive ;
Que l'Idée ébauche en son rêve
Les vérités de l'avenir ;

Afin qu'aux temps prédits par la voix du prophète,

La trêve du Seigneur sur la terre soit faite,

Qu'aux fils errants d'Adam s'ouvre un Éden plus beau,

Que la concorde un jour règne parmi les hommes,

Et que la guerre enfin sur la terre où nous sommes

Change en soc son épée et sa torche en flambeau !

IV.

O Sire, vous dormez dans cette nuit obscure

Où l'œil plus clair des morts à travers la figure

    Lit le mot éternel.

O Sire, vous dormez dans ce silence austère

Où le sépulcre prête aux rumeurs de la terre

    Un accent solennel.

Mais, ô César, auprès de votre chevet sombre

Veillent pieusement vos victoires sans nombre
Qui vous parlent tout bas,
Et, comme, au soir, les flots chuchottent sur les grèves,
Murmurent doucement leurs grands noms dans vos rêves
Que nous ne voyons pas.

Arcole, Marengo, Lodi, les Pyramides,
Austerlitz qui noya dans ses marais humides
Les Russes éperdus,
Iéna qui sur Berlin vit s'abattre vos aigles,
Friedland qui le vit tordre en ses plaines de seigles
Ses bras au ciel tendus ;

Toutes sont là jetant, ô radieux fantôme,
A vos pieds des débris d'empire et de royaume,
Des canons, des drapeaux,
Des diadèmes d'or brisés par vos tonnerres,
Des trônes arrachés de leurs pieds centenaires
Et leur pourpre en lambeaux.

Et l'Histoire pensive est assise auprès d'elles,
Qui grave votre nom sur ses pages fidèles
Que tout siècle lira,
Et trace, fatiguant ses mains laborieuses,

Votre calendrier de dates glorieuses
  Qui se complètera.

Sire, car votre étoile aux cieux s'est rallumée.
Des héros disparus de votre grande armée,
  Ces géants surhumains,
Les fils sont là remplis de l'ardeur paternelle,
Et des morts aux vivants votre aigle avec son aile
  Enseigne les chemins.

Quand les pères ont clos votre illustre épopée,
Cette Iliade où luit l'éclair de votre épée,
  Ce poëme si beau,
Les fils, fiers d'ajouter leur page à votre histoire,
Veulent achever l'œuvre et d'un rayon de gloire
  Dorer votre tombeau.

Bomarsund qui dressait son front dans les bruines,
Ils l'ont roulé, vêtu d'un linceul de ruines,
  Dans son golfe assourdi,
Et l'Alma les a vus sur ses rives tonnantes
Marcher au feu, portant les couleurs rayonnantes
  Du drapeau de Lodi.

      11.

Aux rochers d'Inkermann Balaklava murmure :

« Quel courage fait donc cette invincible armure

  « A ces hommes de fer ? »

Et dans son lit troublé la Tchernaïa s'écrie :

« Pour t'abattre, ils ont fait sans doute, ô ma patrie,

  » Un pacte avec l'enfer. »

Plus loin Sébastopol répond de sa voix rauque,

En secouant, au bord du flot béant et glauque,

  Ses haillons de granit :

« Le gouffre amer de l'onde a pris ma flotte entière,

« Et je suis à la fois cadavre et cimetière,

  » L'aigle mort et le nid.

« Où sont mes bastions et mes tours crénelées,

« Mes redoutes le long des rocs amoncelées

  « Avec tous mes canons,

« Mes remparts que j'ai vus dans le néant descendre,

« Mes forts multipliés qui ne sont plus que cendre,

  « Hélas ! comme leurs noms ?

« Tempêtes de l'Oural, cosaques de l'Ukraine,

« C'est donc en vain que j'ai, dans ma sanglante arène,

  « Fait sonner mes beffrois ?

« Saint Ivan, tu n'as pu défendre mes murailles.

« Saint André, pour orner mes sombres funérailles,

      « Seul m'apporte sa croix.

« Car voici que ma main, de fatigue épuisée,

« Ne sait plus manier une lance aiguisée

      » Ni le tronçon d'un dard.

» Le souffle du sépulcre est entré dans mon aire.

« Et je n'ai pour linceul, aigle atteint du tonnerre,

      « Qu'un lambeau d'étendard ! »

Ainsi, continuant votre route historique,

Voyez tout ce qu'a fait cette armée homérique,

      Sous votre astre éclatant,

Soleil dont les rayons, qu'alluma la victoire,

Éclaireront toujours l'horizon de l'histoire. —

      Sire, êtes-vous content ?

V

Et toi, France, applaudis tes fils que rien ne lasse.
Au faîte de l'Europe où tu reprends ta place
Leurs mains ont rebâti la tour de ta grandeur.
Parmi les nations sois toujours la première.
Sois leur fanal, sois leur clarté, sois leur lumière,
        Vrai foyer de toute splendeur.

Puis, ô France, reprends ton œuvre pacifique.
Lie à ton beau passé l'avenir magnifique.
Reste l'espoir du faible et la terreur du fort.
Éclaire, enseigne, instruis par l'acte et la parole,
Et demeure à jamais un éclatant symbole
        Pour tout ce qui veille ou qui dort.

Du droit européen sois la gardienne austère.

A qui voudrait troubler le repos de la terre

Montre ta forte épée et montre ton drapeau.

Sois l'aire où le Seigneur fait couver sa pensée,

Sois l'urne pleine où vient toute lèvre empressée.

   Sois la montagne et le flambeau.

Sois la source vivante où s'abreuvent les races,

Le centre lumineux où convergent les traces

De tous les pas que font les générations,

Le chêne dont l'appui s'offre à toute liane,

Le clairon éternel qui sonne la diane

   Aux oreilles des nations!

       Septembre 1855.

La source de la solitude.

Quelle,
Die wie Silber rein und helle
Strahlet.
CHR. VON SCHMID.

Au fond de la morne bruyère,
Loin de tous les chemins frayés,
Dans la lande inhospitalière
Où roulent d'ornière en ornière
Les sables par le vent rayés;

Dans la profonde solitude,

Où, distrait de tout souvenir,
L'esprit, loin de la multitude,
Du silence fait son étude
Et se sent des ailes venir ;

Il est une source cachée
Au milieu des genêts en fleurs,
Qui coule à doux flots épanchée
Du cœur d'une pierre penchée
Dont vous diriez qu'ils sont les pleurs.

Parfois une troupe importune
De pinsons y vient voltigeant.
O nuages, parfois la lune
S'y mire, pendant la nuit brune,
Du haut de vos créneaux d'argent.

C'est la source que j'ai choisie,
Où mon esprit va s'abreuvant :
Humble source de poésie,
Où va boire ma fantaisie
Et mon cœur encor plus souvent.

Octobre 1857.

Hymne national.

***

Wo sich Männer finden,
Die für Ehr' und Recht
Muthig sich verbinden,
Weilt ein frei Geschlecht.

MAX VON SCHENKENDORF.

Peuple aimé de Dieu, race fière et libre,
Ton beau nom jamais rien ne l'a terni.
Dans nos cœurs toujours qu'il résonne et vibre,
Et qu'il soit béni !

A nos chants qu'il se marie,
Le doux nom de la patrie,

Nom si cher, si triomphant !
Fait d'honneur et fait de gloire,
De ta nuit profonde et noire,
O sépulcre de l'histoire,
Nous l'avons tiré vivant.

Les splendeurs que Dieu va semant dans l'ombre,
Alphabet du ciel qui là-haut reluit,
Sont les lettres d'or de ce livre sombre
    Où l'écrit la nuit.

Honte à qui voudrait le taire !
Tous les peuples de la terre
L'ont appris ce nom si grand,
Que les flots sur nos rivages,
Nos forêts dans leurs feuillages,
Nos beffrois dans les nuages
Vont sans cesse murmurant.

L'Orient a vu nos géants de guerre
Le bercer au champ de leur vieux pennon.
A tout l'Occident Charles-Quint naguère
    Fit chanter ce nom.

12

Ce nom saint qui fit nos pères
Si vaillants et si prospères,
Vrai symbole de l'honneur,
Dans nos âmes qu'il se grave,
Ce conseil sublime et grave,
Qui fait l'homme noble et brave
Par l'esprit et par le cœur !

PRIÈRE.

Faites-nous, Seigneur, cette grâce insigne
Que nos fils toujours, comme nos aïeux,
De ce nom sacré gardent pur et digne
Le trésor pieux !

Septembre 1855.

A mes amis G. N. et A. S.

———

Af allom hug.

Saemundar *Helga-Quida*.

———

Vivez heureux, vous que je laisse,

O mes amis, là-bas, là-bas,

O cœurs dont je sais la noblesse,

Esprits purs de toute faiblesse,

Pieds fermes qui ne bronchez pas.

Vivez heureux. Que Dieu vous donne

Tous les bonheurs à pleines mains.
Que votre ciel toujours rayonne,
Et du printemps, dans votre automne,
Que les fleurs jonchent vos chemins!

Vous, pour qui rien n'est éphémère,
L'amitié ni le souvenir,
Laissez-moi courir ma chimère
Et marcher dans la route amère
Où je cherche en vain l'avenir.

Foulez ces rives fortunées
Où fleurissait, de Dieu béni,
L'arbre de mes jeunes années,
D'où tant d'illusions fanées
Tombent sur mon gazon jauni.

Au bord du fleuve semé d'îles,
Où, malgré Gessner, je rêvais
Enfant tant de fraîches idylles,
Coulez, amis, vos jours tranquilles
Loin des sentiers noirs où je vais.

Laissez-moi suivre mes mirages,

Où peut-être je cours en vain ;
Et que pour vous, loin des orages,
Chante toujours sous vos ombrages
Le bonheur, cet oiseau divin.

Mais dans votre âme fraternelle
Songez parfois à votre ami
Quand les autans battent son aile.
La mort c'est l'absence éternelle,
Et l'absent est mort à demi.

Mai 1857.

————

A Théophile Gautier

EN LUI ENVOYANT MES POÉSIES.

> Left blooming alone.
> TH. MOORE.

Dans votre frais jardin, où croissent tant de roses,
      Tant de charmantes fleurs,
OEillets, jasmins, lilas, verveines et lauroses
      De toutes les couleurs ;

En quelque plate-bande, en quelque vert parterre,
      Humble et bien à l'écart,

Parfois s'ouvre une fleur sauvage et solitaire
  Qu'y planta le hasard,

Violette ou pensée ou pâquerette blanche
  Ou bouton d'or vermeil,
Qui ne demande qu'un peu d'ombre à quelque branche,
  Et qu'un peu de soleil.

Ce jardin, Théophile, est votre poésie,
  Que, dans toute saison,
Les bouquets merveilleux de votre fantaisie
  Émaillent à foison.

La mienne est cette fleur sauvage et délaissée
  Que le souffle du nord
Jette sur vos gazons pâle et de froid glacée,
  Mais comme dans un port.

      Janvier 1855.

La croix au bord de l'eau.

———

Endlich ist's errungen.

CHR. AD. OVERBECK.

Gais oiseaux qu'avril du midi ramène,
　　Chantres des beaux jours,
Vous nagez dans l'air, votre bleu domaine,
　　Vers le nord toujours.
Vous verrez là-bas un berceau de roses,
　　Un berceau désert,

Qui répand l'encens de ses fleurs écloses
          Sur un tertre vert.

Beaux nuages blancs, dont le vol depasse
          L'aile des vautours,
Vous que j'aime à suivre à travers l'espace
          Vers le nord toujours,
Vous verrez là-bas, à demi cachée
          Sous un vieux bouleau,
Une croix de pierre, une croix penchée
          Seule au bord de l'eau.

Flots charmants et bleus que la Meuse roule,
          Roule dans son cours,
Flots charmants et bleus qui courez en foule
          Vers le nord toujours,
Demandez tout bas, troupe aventurière,
          Au berceau désert
Si l'on dort en paix sous la croix de pierre,
          Sous le tertre vert.

                    Mai 1857.

———

L'homme sans cœur.

Κυνὸς ὄμματ' ἔχων, κραδίην δ' ἐλάφοιο.

HOMÈRE, *Iliad.* 1, 225.

—⸱⟶⟵⸱—

Je sais une caverne immonde,
Bouge infect, ignoble taudis.
Pas d'autre plus infâme au monde,
Pas un parmi les plus maudits.

Égout où s'accouplent les vices
Les plus lâches, les plus rampants;

Sentine pleine d'immondices,
Fourmilière de chenapans.

Pas de galère ni de bagne,
Pas de chiourme dans Toulon,
Pas une préside d'Espagne
Qui ne lui cède le galon.

Vrai tapis franc, vrai coupe-gorge
Aux plafonds noirs, aux murs gluants ;
Pandémonium qui regorge
De chourineurs et de truands.

Pour ce peuple sinistre et blême
O la digne hospitalité !
Car l'enfer du Dante lui-même
Est un paradis à côté.

Que de faces patibulaires
Dans ce repaire ténébreux !
Que de haines et de colères
Ces drôles attisent entre eux !

Grinches, dans vos cours des miracles,

Brigands, dans vos bois hasardeux,
Peigres, dans vos noirs réceptacles,
Vous êtes des saints auprès d'eux.

Ils jurent, blasphèment et crient
Dans leur Capharnaüm profond ;
Et, lorsque par hasard ils rient,
C'est une grimace qu'ils font.

Bon Dieu ! que d'effroyables scènes !
Sodome n'aurait pas souffert
Elle-même en ses murs obscènes
Ces prédestinés de l'enfer.

Canidie en son morne empire,
Où jamais ne luit le soleil,
Ni dans ses cauchemars Shakspeare
N'ont rien entrevu de pareil.

Dans leurs bruyères aux fleurs roses
Les trois sorcières de Macbeth
Brassent mille sinistres choses,
Forgent bien des clous de gibet.

Mais, sorcières échevelées
Dont Satan lui-même est jaloux,
Dans leurs hideuses assemblées
Ces bandits sont pires que vous.

Tu le sais, toi seul, drôle infâme,
Toi qui t'engraisses de mépris.
Car ce cloaque c'est ton âme
Où règnent les mauvais esprits.

Mai 1853.

Le torrent.

IMITÉ DU SUÉDOIS.

————

> The murmur of the torrent comes from afar.
>
> OSSIAN, *The songs of Selma.*

Au ciel les étoiles sans nombre
Ouvrent leurs yeux de diamant.
L'oiseau dort dans la forêt sombre,
Et les feuilles du bois plein d'ombre
Vont chuchotant plus doucement.

Mais là-bas tes ondes obscures

Tes flots, ô torrent ténébreux,
Avec de sinistres murmures
Dans ton lit voilé de ramures
Roulent et se brisent entre eux.

Ils roulent en masses énormes
A travers les blocs de granit,
A travers les roches difformes
Où pendent les branches des ormes
Que le vent d'automne jaunit.

Que le jour commence ou s'achève,
Que l'aube succède à la nuit,
Que l'étoile du soir se lève, —
Ils vont murmurant sans trêve
Leur plainte qu'on prend pour du bruit.

Aux rayons de la lune blonde
Quand s'éteint le dernier aboi,
Ni le soir ni la nuit profonde,
O torrent dont l'eau toujours gronde,
N'ont, hélas! de repos pour toi.

Pas plus que ton onde inquiète

Mon cœur ne trouve le repos,
Ni le jour ni la nuit muette.
Dieu n'a-t-il donc pour le poëte
Que l'obscur sommeil des tombeaux ?

Septembre 1853.

———

La harpe éolienne.

————

Does the wind touch thee, o harp! or is it some
passing ghost ?

OSSIAN, *Berrathon*.

Loin de nous, loin de nous, sur la rive étrangère,
Égare, ô belle enfant, ton sourire et tes pas.
Nous gardons en nos cœurs ta voix fraîche et légère,
Et tes chants gracieux que nous n'oublîrons pas.

Ils revivent pour nous dans les chants de ta harpe,
Sous les acacias, quand les brises des bois

15.

La bercent suspendue à sa flottante écharpe
Et l'animent avec leurs invisibles doigts ;

Et que les cordes d'or, vibrant en harmonie,
Prolongent leur concert ineffable et charmant,
Comme si les baisers d'un amoureux génie
Ou ses ailes touchaient le magique instrument.

Oh ! nous sommes alors en extase à l'entendre,
Et les indifférents se demandent tout bas :
« Est-ce une âme qui vient, qui vient, rêveuse et tendre,
« Gémir dans la musique et pleurer ici-bas ? »

Car ils ne savent pas, — lorsque, sous la ramée,
Ta harpe en longs accords se réveille parfois, —
Qu'il s'y mêle un écho de ta voix bien-aimée,
Et que nous nous disons en larmes : « C'est sa voix ! »

Juillet 1833.

A un poëte belge.

———

Sursum mentem erigas, quæ sunt sursum quære.
GILLEBERTI *Carm.* II, str. 24.

Quand l'aiglon bien longtemps a, du bord de son aire,
Sondé dans tous les sens l'empire du tonnerre
Et longtemps promené les éclairs de ses yeux
Dans le cercle infini de la terre et des cieux,
Sûr enfin de sa force, il ouvre au vent son aile.
Aux flammes du soleil il fixe sa prunelle,

Et son vol souverain, vers la nue emporté,
S'empare de l'espace et de l'immensité.

Ainsi toi, jeune aiglon. Voici l'heure venue
D'ouvrir dans l'avenir quelque route inconnue,
Toi dont l'aile puissante a dans l'ombre grandi,
Et qui portes un monde en ton esprit hardi.
Comme l'oiseau royal que la foudre accompagne,
Tu t'es nourri de l'air plus pur de la montagne ;
Et, loin de nos chemins de fange et de brouillard,
Ton pied ferme a gravi les hauts sommets de l'art.

Jeune homme, car le ciel t'a baptisé poëte.
Et l'on écoutera ta voix encor muette
Quand tu feras, traînant la foule sur tes pas,
Chanter tout haut les vers que tu chantes tout bas.
Laisse donc de ton luth, tout vibrant d'harmonies,
Laisse sortir enfin le chœur des symphonies
Comme un essaim d'oiseaux dans leur nid réveillés
Quand l'aube ouvre les cieux de ses splendeurs rayés.

De ton âme profonde et pleine de pensées
Laisse jaillir le flot des strophes cadencées,
Et ta lèvre inspirée épandre ses chansons,

Ainsi qu'en jets vermeils l'urne des échansons
Verse dans les festins le sang des grappes mûres.
Domine de ta voix nos cris et nos murmures
Et relève, ô poëte, ô poëte vainqueur,
Tous les cœurs de la foule au niveau de ton cœur.

Ne t'inquiète point de ces hommes de prose,
Qui ne comprennent pas la beauté d'une rose,
Ni ce qu'un rossignol raconte aux fleurs la nuit;
Qui dans un chant d'oiseau n'entendent qu'un vain bruit;
Et qui, l'oreille close aux plaintes amoureuses
Des ruisseaux égarés dans les forêts ombreuses,
S'expliquent de travers, douces feuilles des bois,
Les longs soupirs dont Dieu vous a fait une voix;

Qui passent le cœur vide à côté d'une tombe,
D'un enfant qui sourit ou d'un vieillard qui tombe,
Et qui ne savent pas quel mystère les ifs
Chuchottent jour et nuit aux sépulcres pensifs,
Ni quel hymne formé de splendeurs inconnues
La palette du ciel fait vibrer dans les nues
Quand le soleil descend vers l'horizon, le soir,
Rouge comme le vin qui jaillit du pressoir.

Tu hantes tous les chefs du poétique empire,

Et fais fraterniser Corneille avec Shakspeare.

Parfois tu suis le Dante en ses cercles de fer,

Ou Byron dans le cœur humain, cet autre enfer ;

Parfois, le Tasse au fond du sombre moyen âge,

Camoëns sur les flots où sa gloire surnage,

Et Gœthe au grand calvaire où Faust crucifié

A l'admiration commande la pitié.

L'antiquité t'a vu, cette austère dryade,

En ses chastes abris, feuilleter l'Iliade,

Et, conversant avec les rêves de Platon,

Sonder tous les halliers verdoyants du Phédon.

Elle t'a vu causer avec le doux Virgile,

Suivre Horace au milieu de ses lares d'argile,

Et saluer de loin Juvénal à travers

La cage où rugissaient les tigres de ses vers.

Chacun d'eux, étant roi, t'a fait quelque largesse ;

L'un t'a donné la grâce, et l'autre, la sagesse ;

Celui-ci, la grandeur, et celui-là, l'esprit.

Tous ont laissé dans toi quelque grand mot écrit.

A la source du beau tu t'es abreuvé l'âme,

Comme au foyer du vrai ta lampe a pris sa flamme.

Chante donc, ô poëte, et fais, ô doux flambeau,
L'éclat du vrai s'unir à la splendeur du beau.

Toi qui, prenant Homère et Virgile pour maîtres,
Dans leur moule divin coules tes hexamètres,
Ou, d'Horace imitant tous les rhythmes divers,
Ainsi qu'un filigrane entrelaces tes vers
Et, poétique orfèvre, avec amour cisèles
Tes strophes, oiseaux d'or auxquels tu mets des ailes,
Ou qui gravis avec Eschyle le rocher
D'où Prométhée un jour vit Hercule approcher ;

O mon poëte, parle, enseigne, instruis, éclaire.
Mêle ta voix puissante à nos cris de colère.
Fais retentir d'en haut sur le peuple irrité
L'hymne de la concorde et de la charité,
Allume dans nos cœurs tes clartés électriques.
N'as-tu pas ton carquois plein de flèches lyriques?
Que ces traits souverains deviennent les rayons
D'une aube intérieure où nous nous réveillions!

Prends les clés de l'histoire, ouvre ses larges portes
Et fouille ce sépulcre, où sont les races mortes,
Pour en tirer vivante, ô fossoyeur pieux,

Quelque illustre figure, exemple des aïeux ;
Ou, pour mieux remuer les fibres de notre âme,
Belluaire de l'art, dans le cirque du drame,
Aux pieds de nos géants qu'hélas! nous oublions,
Fais ramper les terreurs, ces sinistres lions.

Pour le char voyageur sois le phare et l'étoile ;
Pour la nef en péril, la boussole et la voile.
Sois pour nous tous, errants loin des traces de Dieu,
Colonne de nuée ou colonne de feu.
Car nous marchons aussi dans un désert sans bornes,
Et nous ne savons pas si nos Moïses mornes
Entreverront, un jour, du haut de leur Nébo,
Notre terre promise, ou bien — notre tombeau.

De notre cœur, pareil à quelque urne fêlée.
La foi, baume divin, la foi s'est écoulée ;
L'espérance nous voit, aveugles matelots,
Jeter son ancre d'or dans l'abîme des flots ;
Et la charité sainte, en nos âmes fébriles,
Landes pleines d'ivraie et de sables stériles,
Au vent des passions qui dessèche et détruit,
A vu depuis longtemps tomber son dernier fruit.

L'avenir, l'avenir où doit-il nous conduire ?

Dans l'ombre où nous allons quel astre viendra luire ?

Le rayon qui là-bas vibre et s'épanouit

Annonce-t-il l'aurore ? Annonce-t-il la nuit ?

Dans le champ fécondé par le sang de nos pères

Verrons-nous s'installer la ronce et les vipères ?

Et la liberté sainte, arbre qu'ils ont planté,

Doit-elle aussi rentrer dans sa stérilité ?

Poëte, tu le sais, toi qui fais ton étude

De ces voix dont l'écho remplit ta solitude,

Qui connais les rochers et les saintes forêts

Où les sources d'eau vive ont leurs trésors secrets,

Et, de l'esprit de Dieu faisant ta nourriture,

Dans la sérénité de la douce nature,

Regardes par moments le luth d'Ézéchiel

Pour répondre aux clameurs que nous jetons au ciel.

Tes pieds ont visité le mont et la caverne.

Tu comprends ce que dit ou le Pinde ou l'Averne,

Et ton regard puissant, qu'éclaire la raison,

Voit plus loin que nos yeux dans un autre horizon.

Regarde, ô mon poète ! O mon poëte, écoute !

Sommes-nous presque au bout des noirs chemins du doute ?

14

Est-ce un autel qu'à la patrie il faut dresser ?

Ou bien notre tombeau que nous devons creuser ?

Juin 1857.

PARABOLES.

La terreur des arbres.

Kein äusserer Feind vermag deiner Seele zu
schaden, wenn nicht ein Verräther in seinem
Innern wohnt.

G. A. GOETZE.

Un chariot passait par la forêt, rempli
    De lames de cognées.
Des flammes se jouaient sur leur acier poli,
    D'éclairs accompagnées.

Les arbres, à les voir au soleil rayonner,
    Tremblaient dans leurs racines,

Croyant déjà sentir sur leurs troncs résonner
    Les haches assassines.

« Malheur, trois fois malheur! » se disaient-ils entre eux
    Avec de sourds murmures.
« L'arme des bûcherons vient de ses coups fiévreux
    « Attaquer nos ramures.

« Comment défendrons-nous nos rameaux familiers
    « Que le lierre festonne,
« Nos toits verts où nichaient les oiseaux par milliers
    « Du printemps à l'automne?

« Qui vous abritera désormais, douces fleurs,
    « Fleurs charmantes et douces,
« Qu'on voyait émailler de vos mille couleurs
    « Le velours vert des mousses?

« Quand la forêt entière est près de succomber,
    « Cherchez d'autres retraites.
« Car voici le moment où nous allons tomber,
    « Et les haches sont prêtes. »

Un vieux chêne leur dit alors : « Rassurez-vous,

« Rassurez-vous, mes frères.

« Si nous restons unis, que peuvent contre nous

« Ces haches téméraires?

« Mes frères, nous pouvons défier, en effet,

« Leurs lames dédaignées,

« Si nul de nous ne veut donner le bois qui fait

« Les manches des cognées. »

L'ennemi que l'on a dans soi-même est toujours

Le seul qu'on doive craindre.

Ceux du dehors, s'il leur refuse son secours,

Ne peuvent nous atteindre.

Décembre 1855.

La forêt abattue.

Was von mir übrig bleibt, ist wenigstens zu edlem
Gebrauche bestimmt, bestimmt die Pfeiler eines
Tempels oder Palastes zu werden.

A. G. Meissner.

Les bûcherons avaient démoli la forêt
  Sous leurs haches fatales,
Et tout le peuple vert des arbres se mourait
  Sur les mousses natales.

Plus d'oiseau qui cherchât leurs abris désolés
  Ni leurs branches muettes,

Car tous s'étaient enfuis de leurs nids écroulés,
    Tous ces charmants poëtes.

Bouleaux, frênes, ormeaux, pêle-mêle gisaient,
    Arbres de toute forme
Le chêne étant tombé près d'eux, ils lui disaient :
    « A quoi donc, chêne énorme,

« A quoi donc te sert-il d'avoir rempli les cieux
    « De tes rameaux sans nombre,
« Et d'avoir obscurci, superbe et glorieux,
    « La forêt de ton ombre?

« A quoi donc te sert-il d'avoir été géant,
    « Glorieux et superbe ?
« Car nous voilà couchés dans le même néant
    « Tous ensemble sur l'herbe. »

—«Compagnons, il n'est rien de commun entre nous,»
    Leur répondit le chêne.
« L'âtre des paysans vous dévorera tous
    « Dès l'automne prochaine.

« Car vous ne serez bons qu'à chauffer leur foyer

« Quand soufflera la bise,
« Et les enfants riront à vous voir flamboyer
« Parmi la cendre grise ;

« Tandis que je serai trône dans un palais,
« Colonne dans un temple,
« Ou nef, que l'Océan, peint de mille reflets,
« Dans son miroir contemple. »

Amis, ne prenons point exemple à ces jaloux
Qui n'ont qu'un but futile ;
Mais tâchons de laisser, homme ou chêne, après nous
Quelque chose d'utile.

Septembre 1856.

Histoire de deux épis.

SUR L'ALBUM DE Mlle MARIE HUBERT.

———

> Utilia humili corde persequere.
> WIBERTI *Epistol.*

PREMIER ÉPISODE.

Au milieu d'un champ de froment
Un jour deux épis côte à côte
Se trouvaient, l'un la tête haute,
L'autre penché modestement.

— « Hé! fit l'un d'une voix pincée,

« Mon cher confrère, dites-moi,

« Pourquoi toujours ainsi, pourquoi

« Tenez-vous la tête baissée?

« O modestie, orgueil des sots!

« Voyez comme j'ai belle mine.

« Sur tous les épis je domine

« Ainsi qu'un roi sur ses vassaux.

« Ce champ si vaste est mon empire.

« L'été me verse ses chaleurs,

« Et la brise à toutes les fleurs

« Prend les doux parfums que j'aspire.

« Tandis que, le front dans les cieux,

« Je me prélasse dans ma prose,

« Comme vous avez l'air morose,

« Épi rêveur et soucieux! »

— « Oh! cela se comprend, » dit l'autre

Peut-être un peu grossièrement.

« Ma tête est pleine de froment,

« Et pas un seul grain dans la vôtre. »

Il faut une moralité
A toute fable, dit un sage.
Or je me conforme à l'usage,
Et je déduis ma vérité.

Si vous ne l'avez pressentie,
Touchez-la du doigt et de l'œil :
L'ignorance donne l'orgueil ;
La science, la modestie.

DEUXIÈME ÉPISODE.

Quel bruit de fête dans la plaine !
Partout résonne une chanson.
Car c'est le jour de la moisson,
Et toute grange sera pleine.

15

Voyez, sous les coups redoublés
De la faux qui tourne et travaille
Comme sur un champ de bataille
Tomber les escadrons des blés.

Oh ! quelles javelles superbes !
Dieu nous prodigue un vrai trésor.
Seigle et froment aux graines d'or,
Quels beaux bouquets nous font vos gerbes !

Or, comme la faux va toujours
Frappant dans la récolte mûre,
L'un de nos deux épis murmure :
— « Hélas ! c'est fait de nos beaux jours.

« A quoi donc nous sert-il, mon frère,
« D'avoir vu le printemps fleurir,
« Puisqu'il nous faut l'été mourir ?
« Car voici l'heure funéraire. »

— « Pour y songer en ce moment
« Il est bien tard, lui répond l'autre.
« A chacun sa tâche, et la nôtre
« C'est de produire du froment. »

Il dit, et l'acier étincelle,
Et voilà nos épis fauchés
Et tous deux sur le sol couchés
Au beau milieu d'une javelle.

Comme on engrange la moisson,
Vient le maître qui la visite.
— « Hors d'ici l'épi parasite! »
Puis il l'expulse sans façon.

Cet apologue nous l'enseigne,
L'homme utile est seul respecté.
L'homme inutile est rejeté;
C'est l'épi vide qu'on dédaigne.

Novembre 1854.

BALLADES.

15.

L'enfant de la veuve.

ÉCRIT SUR L'ALBUM DE Mme PAULINE BRAQUAVAL.

———

Een moeder, die niet vragen dorst.
H. TOLLENS.

❦

L'enfant criait (angoisse amère!) :
« Oh! j'ai si faim. Du pain, ma mère! »

— Avec tes cris, ô mon enfant,
Tu me déchires les entrailles.
Nous allons faire les semailles
Demain dès le soleil levant. —

L'enfant criait (angoisse amère!) :
« Oh! j'ai si faim. Du pain, ma mère! »

— Enfant, Dieu bénit nos sillons.
Comme le blé lève et prospère!
L'été viendra tantôt, j'espère,
Pour le dorer de ses rayons. —

L'enfant criait (angoisse amère!) :
« Oh! j'ai si faim. Du pain, ma mère! »

— Trêve à ces cris, mon beau garçon.
Vois, les bluets d'azur fleurissent.
Déjà les blonds épis mùrissent.
Nous allons faire la moisson. —

L'enfant criait (angoisse amère!) :
« Oh! j'ai si faim. Du pain, ma mère! »

— Encore un seul, un seul instant
Écoute, écoute, mon cher ange.
On bat les gerbes dans la grange.
Notre blé le meunier l'attend. —

L'enfant criait (angoisse amère!) :
« Oh! j'ai si faim. Du pain, ma mère! »

—Encore un seul, un seul moment.
N'entends-tu pas le four bruire?
Il chauffe, et nous allons y cuire
Un petit pain de pur froment. —

L'enfant criait (angoisse amère!) :
« Oh! j'ai si faim. Du pain, ma mère! »

— Hélas! trésor si doux, si cher,
Je rêvais donc? J'étais donc folle?
Car pas de pain, pas une obole...
Enfant, veux-tu manger ma chair? —

Et le petit (angoisse amère!)
Ne criait plus.—O pauvre mère!

Octobre 1856.

Le soulier de la Vierge.

———

Gebt ihr dem alten Manne nichts ?
O hört, ihr lieben Leute !
L. Koch.

Quand l'angelus murmure à travers le feuillage
Son chant d'airain,
Où donc va ce vieillard, triste et ployé par l'âge,
Le long du Rhin ?

Il traîne, en gémissant, par les sentiers arides,
Ses pieds tremblants,

Et le vent chasse autour de son front plein de rides
       Ses cheveux blancs.

Il va, les yeux en pleurs et la tête affaissée
       Sous l'aquilon,
Et porte dans sa main, de froid toute glacée,
       Son violon.

— « Hélas ! soupire-t-il, naguère à mon envie
       « Tout souriait.
« Pas un nuage obscur dans le ciel de ma vie
       « Qui scintillait.

« L'espérance émaillait toute ma fantaisie
       « De ses couleurs,
« Et ton rosier pour moi toujours, ô poésie,
       « Avait des fleurs.

« Libre et loin du chemin des ambitions viles
       « Et des méchants,
« J'allais dans les châteaux et dans les grandes villes
       « Avec mes chants :

« Alors autour de moi c'était un vrai délire.

« Car mes refrains
« Rendaient la joie aux cœurs et rendaient le sourire
« Aux fronts chagrins.

« Et maintenant je vais triste et seul sur la terre,
« Sans avenir.
« Et nul ne garde plus du chanteur solitaire
« Un souvenir.

« Car ma voix est cassée et tremble de vieillesse
« Comme ma main :
« Et, quand je veux chanter, la foule qui me laisse
« Va son chemin. »

Or, en parlant ainsi, le bon vieillard arrive,
Tout défaillant,
Auprès d'une chapelle assise sur la rive
Du Rhin bruyant :

Chapelle humble et rustique, où toute âme qui saigne
Et vient à Dieu,
Trouve l'oubli du monde et cette paix qui règne
Dans le saint lieu.

Sur son autel sourit l'image de la Vierge
Si tendrement,
Et de chaque côté brûle dans l'ombre un cierge
Tranquillement.

Le ménestrel s'arrête au seuil, se signe et prie
En sanglotant :
— « Ayez pitié de moi, bonne Vierge Marie
« Que j'aime tant !

« Mère des affligés, vous voyez ma détresse
« Et mon émoi.
« Vous, pour tous les malheurs si pleine de tendresse,
« Secourez-moi ! » —

Puis, réveillant avec ses mains de froid roidies
Son violon,
Il fait gémir la voix des cordes engourdies
Par l'aquilon.

Quelle plainte lugubre en sort, et quel poëme
Désespéré !
Un tigre du désert, une pierre elle-même
En eût pleuré.

16

L'archet s'arrête. Au fond de l'église bourdonne
Le chant encor,
Et l'image au vieillard fait un signe et lui donne
Son soulier d'or.

Il tombe à deux genoux. Mais la Vierge rassure
Sa crainte enfin.
Et le voilà qui prend la petite chaussure
Faite d'or fin.

Dans Mayence le soir il descend, pris de fièvre
Et mort de faim.
— « Voulez-vous acheter ce soulier, maître orfèvre?
« Il est d'or fin. » —

Et l'orfèvre au vieillard qui de plus en plus tremble :
— « D'or, en effet.
« Car je dois en savoir quelque chose, il me semble,
« Moi qui l'ai fait.

« Mais ce trésor de qui l'as-tu? » — « C'est de la Vierge
« Que je le tiens. » —
— « A d'autres! ce n'est pas ainsi qu'on se goberge
« Entre chrétiens.

« Autrefois on contait de semblables sornettes
  « Aux bonnes gens.
« Quant à moi, je prétends en avoir les mains nettes.
  « Holà ! sergents ! » —

— « Est-ce ainsi, vagabond, que de nous tu te railles ? » —
  Et, plein d'effroi,
On l'enchaîne, on l'enferme entre quatre murailles
  De par le roi.

Il a beau répéter les serments et beau faire ;
  On n'y croit pas.
Le juge en rit lui-même et termine l'affaire
  Sans longs débats.

— « Pour ce crime, dit-il, point de miséricorde.
  « Voici l'arrêt :
« Sacrilége, demain tu mourras par la corde.
  « Donc soyons prêt. » —

L'aube voit cheminer le lugubre cortége
  Le long du Rhin.
Mais comme te voilà, vieillard que Dieu protége,
  Calme et serein !

Bien que sa route, hélas! soit longue et douloureuse,
            Il va pourtant.
Et là-haut, au sommet du rocher que l'eau creuse,
            La mort l'attend.

Il va toujours, il va. Mais voilà qu'il arrive,
            Tout confiant,
Auprès de la chapelle assise sur la rive
            Du Rhin bruyant.

Et sur le seuil rustique il s'agenouille et prie
            En sanglotant :
— « Ayez pitié de moi, bonne Vierge Marie
            « Que j'aime tant !

« Mère des affligés, vous voyez ma détresse
            « Et mon émoi.
« Vous, pour tous les malheurs si pleine de tendresse,
            « Secourez-moi ! » —

N'est-elle pas de ceux que le monde abandonne
            Le bouclier ?
O miracle ! voilà qu'au vieillard elle donne
            L'autre soulier.

Et toute l'assistance, émue et consternée,

Tombe à genoux,

Et murmure, devant le Seigneur prosternée :

— « Assistez-nous ! » —

Et le juge s'écrie : — « Aveugles que nous sommes,

« O Dieu puissant !

« La mort, sans vous, prenait et retranchait des hommes

« Cet innocent. » —

Puis la foule ramène en triomphe à Mayence

Le ménestrel,

Disant : — « Heureux qui met en vous sa confiance,

« Vierge du ciel ! » —

Vierge, éclairez toujours de votre grâce insigne

Notre chemin.

Car il suffit, pour nous sauver, d'un simple signe

De votre main.

Novembre 1852.

16.

Les trois balles de Schamyl.

———

Auf, ihr Brüder, auf zum Jagen!
Auf, zur frohen Arbeit, auf!
Von Wildungen.

Le bon Schamyl tenait trois balles à la main
    Et dit à la première :
— « Ma belle, que veux-tu? Car je reprends demain
    « Ma route coutumière. » —

— « O Schamyl, qui ne crains l'enfer ni les démons,
    « Canon, fusil ni lance,

« Je veux frapper au cœur un loup-cervier des monts
  « Qui par les bois s'élance. » —

Le bon Schamyl tenait trois balles à la main
  Et dit à la seconde :
— « Et toi? Car nous allons à la chasse demain
  « Si le ciel nous seconde. » —

— « Vaillant Schamyl, que rien n'a jamais effrayé,
  « Dans la plaine âpre et chauve
« Je veux frapper au front un grand tigre rayé,
  « Un tigre noir et fauve. » —

Le bon Schamyl tenait trois balles à la main
  Et dit à la troisième :
— « Et toi? Car nous fauchons avec la mort demain
  « Le beau grain qu'elle sème. » —

— « Je voudrais, ô Schamyl, je voudrais t'assister
  « Dans tes brusques attaques
« Et te voir seul avec ton sabre démonter
  « Tout un pulk de cosaques. » —

Décembre 1853.

La colère de Schamyl.

Ἀχὸς βαρὺς ἀχούεται, πολλὰ τουφέχια πέφτουν.

CHANSON SOULIOTE.

Le bon Schamyl, debout à sa fenêtre ouverte,
L'œil tourné vers le nord,
Dit au Kouban : — « Pourquoi gémit ton onde verte?
« Et quelle plainte en sort ? » —

Le bon Schamyl, debout sur le seuil de sa case,
Tourné vers l'orient,

Demande :— « Où volez-vous, ô vautours du Caucase,
    « Qui passez en criant ? » —

Le bon Schamyl, debout sous l'auvent de sa porte,
    Tourné vers le midi,
Dit aux brises du sud :— «Quels bruits lointains m'apporte
    « Votre souffle attiédi ? » —

Le bon Schamyl, debout au bord de sa ravine,
    Tourné vers l'occident,
Demande : — « Quel éclair, ô mer Noire, illumine
    « Ton flot pâle et grondant ? » —

Le Kouban lui répond:— « C'est que Schamyl m'oublie
    « Sans honte et sans remords.
« Le Danube, ô Schamyl, vois comme il m'humilie ;
    « Il roule seul les morts. » —

Et les vautours pressés qui nagent dans les nues
    Répondent en passant :
— « Schamyl, que ferions-nous dans tes montagnes nues ?
    « Nous avons soif de sang. » —

Et les brises : — « Des champs où dorment les esclaves

« Nous arrivons ici
« Pour savoir si tes monts peuplés de tant de braves,
« Hélas ! dorment aussi. » —

Et l'Euxin : — «Vois ta honte en mon flot qui s'écoule
« Par le Bosphore ouvert.
« Car Stamboul vainement regarde si j'y roule
« Un uniforme vert. » —

Alors le bon Schamyl, frémissant de colère,
Tout à coup tressaillit,
Et prit son yatagan, sa lame ardente et claire
D'où la flamme jaillit.

Il prit ses pistolets dont les balles dans l'ombre
Font tant de coups hardis,
Et cria : — « Sus ! allons ! Car nous sommes en nombre,
« Un homme contre dix ! » —

Pendant un mois entier ce fut comme une fête
De Boulan à Djéluz.
L'Elbrouz sentit frémir de sa base à son faîte
Ses arbres chevelus.

Et l'aigle du Kasbek frissonna dans son aire
    Auprès de ses aiglons,
Ne sachant d'où venait le grand bruit de tonnerre
    Qui troublait ses vallons.

Puis Schamyl, le guerrier aux vaillantes surprises,
    L'homme aux faits éclatants :
— « O Kouban ! ô mer Noire ! ô mes vautours ! ô brises !
    « N'êtes-vous pas contents ? » —

— « Hourra ! dit le Kouban. Je charrie en mes ondes
    « Drapeaux et régiments. » —
Et la mer Noire : — « Ils ont dans mes vagues profondes
    « Leurs linceuls écumants. » —

Et les vautours : — « Schamyl, pour bien longtemps nous sommes
    « Repus de sang humain. »
Et les brises : — « Schamyl commande à de vrais hommes,
    « Passons notre chemin. » —

Février 185

Le petit frère.

Der Herr der Ernte geht
Und sammelt Garben,
Uns ein, uns ein, die starben.
        Klopstock.

— « Où donc, ma mère, où donc est-il mon petit frère ?

   « Sous les branches du vieux tilleul

« Autrefois nous jouions si gaîment, ô ma mère,

   « Et maintenant je suis tout seul.

« Oh ! quel plaisir c'était d'être ensemble, ô ma mère,

   « De rire et de jouer toujours !

« Où donc, ma mère, où donc est-il mon petit frère ?

    « Je l'appelle en vain tous les jours. » —

— « Regarde, enfant, là-haut ces nuages étranges.

    « Le ciel est bien loin au-dessus.

« Ton petit frère est là qui joue avec les anges

    « Et le petit enfant Jésus.

« Tu sais comme il était pieux, docile et sage.

    « Chacun des anges le savait,

« Qui, lisant, tout le jour, son cœur sur son visage,

    « Veillaient, la nuit, à son chevet.

« Or, à l'enfant Jésus ils s'en furent le dire,

    « Et le bon Jésus leur parla :

— « Qu'on aille le chercher bien vite ; je désire

    « Qu'on m'amène cet enfant-là. » —

« Aussitôt, déployant leurs ailes rayonnantes,

    « Les beaux anges s'en vinrent tous,

« Et firent, au milieu des herbes frissonnantes,

    « Un petit lit moelleux et doux,

« Là-bas, dans le jardin du calme cimetière,

« Là-bas parmi ces tertres verts,

« Où, comme pour prier, toutes ces croix de pierre

« Tiennent leurs bras toujours ouverts.

« Puis à ton petit frère, attiré sous les branches

« Aux cris de leur essaim joyeux,

« Ils apparurent tous avec leurs robes blanches

« Les beaux anges venus des cieux ;

« Et, se rangeant en cercle autour de lui dans l'ombre,

« Se mirent à chanter tout bas,

« A lui parler du ciel et des bonheurs sans nombre

« Que la terre ne connaît pas ;

« Du paradis où Dieu fait croître tant de roses

« Pour fleurir éternellement,

« Et des étoiles d'or, ces autres fleurs écloses

« Dans le jardin du firmament.

« Si douce était leur voix ! Leur musique, si douce !

« Ton petit frère, en l'écoutant,

« Ferme ses beaux yeux bleus et s'endort sur la mousse

« Au milieu du cercle chantant.

« Et, comme il dort ainsi, le chœur joyeux l'enlève

    « Et le porte au petit lit vert.

« Là, dans le cimetière où ce vieux saule rêve,

    « Des pleurs de ses feuilles couvert.

« Pendant qu'il dort toujours leur main bien vite apprête

    « Une couronne de cyprès,

« Et doucement ils la lui posent sur la tête,

    « Et le ciel éclaire ses traits.

« Ils l'habillent ensuite, à l'ombre du vieux saule,

    « D'une robe d'un blanc si pur ;

« Et, pour compléter l'ange, ils font à chaque épaule

    « Croître une aile aux reflets d'azur.

« Puis leur groupe charmant qu'un même soin rassemble :

    — « Beau séraphin, voici l'instant !

« Lève-toi ! lève-toi ! car nous allons ensemble

    « Où l'enfant Jésus nous attend.

« Te voilà comme nous un ange. Ouvre ton aile

    « Et mets ta main dans notre main.

« Nous allons regagner la patrie éternelle

    « De ceux qui vont le droit chemin. —

« Ton petit frère alors se réveille et s'étonne,

    « Ouvrant ses ailes vers les cieux.

« Et tous s'en vont, ainsi que s'envole en automne

    « Une troupe d'oiseaux joyeux.

« Enfant, il est là-haut, où pour nous deux il prie.

    « Et nous l'y reverrons un jour.

« Mais il faut, pour entrer dans la sainte patrie,

    « Aimer Dieu de tout notre amour. » —

                      Janvier 1854.

Origine du trèfle épineux.

Pas un oiseau chanteur ne traverse les airs.

Gethsémané, tout dort sur ta cime fleurie.

Et cependant, au fond de tes jardins déserts,

    Le Christ est seul qui prie.

Le ciel est sombre, et pas une étoile ne luit.

Et le vent fait gémir les buissons qu'il effleure.

17.

Les disciples là-bas sommeillent. Il fait nuit.
    Le Christ est seul qui pleure.

Il est là prosterné sur les herbes en fleurs,
Pâle et triste et le cœur en proie à l'agonie.
Une sueur de sang ruisselle, avec ses pleurs,
    De sa face bénie.

Du Calvaire en esprit il gravit le chemin,
Et voit les clous de fer, la couronne d'épines,
Le sceptre, le manteau qui doit couvrir demain
    Ses épaules divines ;

La lance dont l'acier lui percera le flanc,
La croix infâme ouvrant ses deux bras dans l'espace,
Et dans l'ombre sinistre un calice de sang
    Qui passe et qui repasse ;

Et les fouets déjà prêts pour son dos frémissant,
Et les bâtons aux mains du peuple qui le hue,
Et toujours devant lui ce calice de sang
    Qui passe dans la nue.

Pourtant ce qui le trouble et l'émeut, ce n'est pas

La rage des bourreaux, le marteau qui le cloue ;
Mais c'est de te sentir, ô baiser de Judas,
    Frissonner sur sa joue !

C'est toi qui mets au front du Christ cette sueur ;
Car la nuit, par moments ouvrant ses sombres porches,
Te voit venir là-bas à la rouge lueur
    Des fanaux et des torches.

Or, comme ainsi le Christ gémit, et que ses pleurs
Et le sang de sa face en larges gouttes coulent,
Entendez-vous frémir les herbes et les fleurs
    Que ses deux genoux foulent ?

— « Seigneur, disent tout bas les trèfles des gazons,
« Jamais, pour rafraîchir nos feuilles épuisées,
« L'urne des nuits n'a fait couler sur nos toisons
    « De pareilles rosées.

« Ce n'est donc pas assez des larmes de vos yeux,
« Perles qui suffiraient pour racheter le monde ?
« Voilà que votre sang, trésor plus précieux,
    « O Maître, nous inonde.

« Du moins si nous avions des lèvres pour baiser,

« Des mains pour recueillir, hélas ! ces saintes gouttes,

« Un cœur où nous pussions, mon Dieu, les déposer

    « Et les conserver toutes !

« Mais elles vont le long de nos tiges glissant

« Que la brise de nuit froisse l'une sur l'autre,

« Et la terre les boit sans savoir que ce sang,

    « O Seigneur, est le vôtre ! » —

Alors le bon Jésus, touché de leur pitié,

Regarde avec amour les douces suppliantes

Qui de son deuil divin demandent la moitié,

    Tristes, mais souriantes.

— « En souvenir de moi, leur dit-il, désormais

« Du sang du Fils de l'Homme, oh ! conservez la trace;

« Sur vos feuilles qu'il reste empreint à tout jamais,

    « Et que rien ne l'efface.

« Que chacune de vous, fleurs que bénit ma main,

« Autour de son calice ajuste un diadème

« Fait d'épine et pareil à celui que demain

    « Je porterai moi-même. » —

Depuis, Gethsémané te montre à tout passant,

Trèfle étrange qu'un cercle aux dards aigus hérisse.

Et l'on dirait encor qu'une goutte de sang

Sur chaque feuille glisse.

Par la sainte pitié tout s'élève ; et toujours

Les humbles sont plus près de Dieu que les superbes

Il revêt de soleil les chênes des vieux jours,

Et de son sang les herbes.

Septembre 1857.

L'armurier de Delhi.

IMITÉ DE L'ALLEMAND.

Ein hoher Gast trat heut' in meine niedre Schmiede.

FREILIGRATH.

Dans mon ouvroir obscur le rajah est entré,
  L'illustre chef des brames,
Le choisi du Très-Haut, l'homme au front consacré,
  L'homme aux yeux faits de flammes.

Ses gardes rayonnants entouraient ma maison
  Courbés dans la poussière.

Lui semblait le soleil qui darde à l'horizon
     Ses flèches de lumière.

Sur mes lames d'acier que je trempe, en priant,
     Dans le Gange qui pleure,
Après avoir jeté les yeux en souriant,
     Il choisit la meilleure :

Un sabre fait avec un éclair ou le feu
     D'un foyer qu'on attise,
Et dont le fil tranchant couperait un cheveu
     Qu'y soufflerait la brise.

A son ceinturon d'or, garni de diamants,
     Il agrafa sa lame,
Si bien qu'à son côté vous eussiez par moments
     Cru voir pendre une flamme.

Après quoi le rajah sublime et rayonnant,
     La terreur des impies,
Me dit : « Voilà pour toi, brave homme, » en me donnant
     Un gros sac de roupies.

Puis sur son coursier noir, dont les naseaux ouverts

Soufflaient comme un orage,
Il s'en alla longeant les grands tamarins verts
Dont mon toit bleu s'ombrage.

Or, comme s'éloignaient vers la porte d'Agra
Le chef et son cortége,
Tout le bazar, saisi de respect, murmura :
— « Que le ciel les protége ! » —

Et moi, debout au seuil de ma maison, les mains
Sur mon buste croisées,
Je m'écriai : — « Que Dieu bénisse vos chemins
« Et toutes vos pensées !

« Et toi, que j'ai forgé de l'acier le plus pur
« Sur ma modeste enclume,
« Entre minuit et l'heure où dans le ciel d'azur
« Rit l'aube qui s'allume,

« Adieu, mon sabre, adieu ! Tu vas étinceler
« Dans la main ferme et sûre
« D'un brave que jamais ne firent reculer
« Bataille ni blessure.

« Tu vas entrer dans l'âpre arène des combats.

    « Car la guerre commence,

« Guerre des opprimés qui ne pardonnent pas,

    « Guerre implacable, immense,

« Guerre pour nos foyers, nos autels et nos dieux,

    « Guerre pleine de haines,

« Guerre où l'esclave brise à son maître odieux

    « Le crâne avec ses chaînes.

« Sois sans pitié, pareil au tigre bondissant

    « Qui traverse les jongles,

« Terrible, ayant toujours à sa gueule du sang

    « Et du sang à ses ongles.

« Sois comme le chacal, sois comme le lion

    « Que rien ne rassasie,

« Et que l'éclair sacré de la rébellion

    « Soit l'aube de l'Asie.

« Fais monter jusqu'au ventre écumant des chevaux

    « Le sang des boucheries,

« Et dans les rangs anglais frappe comme la faux

    « Dans l'herbe des prairies;

« Afin qu'autour de toi les peuples éperdus,

      « Les races opprimées,

« Des rochers des Birmans aux bouches de l'Indus,

      « Fassent quarante armées ;

« Afin que ton nom vive, en tout temps, en tous lieux,

      « Dans l'hymne des poëtes

« Qui rendront, en chantant tes exploits merveilleux,

      « Toutes les voix muettes ;

« Et que, — le jour venu des expiations,

      « Quand il sera par terre

« Ce vampire engraissé du sang des nations

      « Qui s'appelle Angleterre,—

« On se dise, de joie et de haine rempli :

      — « Le sabre qui t'égorge,

« O vautour d'Albion, l'armurier de Delhi

      « L'a trempé dans sa forge. » —

                        Septembre 1857.

LES QUATRE INCARNATIONS DU CHRIST.

ÉPOPÉE HUMAINE.

Les quatre incarnations du Christ.

ÉPOPÉE HUMAINE.

───────

DÉBUT DU PREMIER CHANT.

───────

Ecce agnus Dei, ecce qui tollit peccatum mundi.
Evang. sec. JOANNEM, I, 29.

────

Le poëte.

Seigneur, voici la nuit. Quand direz-vous à l'aube :
— « Monte, et verse la vie et la lumière au globe ? » —
Seigneur, voici la nuit. Quand direz-vous au jour :
— « Monte, et viens éclairer l'œuvre de mon amour ? » —
Car le monde, ô Seigneur, a quitté votre route.
Il chemine à travers les ténèbres du doute

18.

Et cherche, en tâtonnant dans son obscurité,

De quel côté du ciel luira la vérité.

L'homme, hélas! déviant des traces de Moïse,

Ne sait plus le chemin de la terre promise,

Et ses pieds sont rentrés au désert des aïeux.

L'éclair du Sinaï s'est éteint dans ses yeux.

Des tables de la loi les lettres effacées

Ne lui traduisent plus, ô Seigneur, vos pensées.

Votre code oublié qui nous le refera?

Une voix.

Mon Christ avec son sang un jour le récrira.

Le poëte.

Dans le ciel, dont le dôme a les monts pour pilastres,

O pâtres chaldéens, que vous disent les astres?

La nuit, livre étoilé de constellations,

A-t-elle un nouveau mot à dire aux nations?

Vous, familiers avec cette algèbre éclatante,

Pâtres, que lisez-vous, au seuil de votre tente,

Sur ces pages d'azur, où chaque soir écrit

Toutes ces lettres d'or dont vous savez l'esprit?

Vous, dont les yeux, d'Isis pénétrant tous les voiles,

Comprennent ce que dit la langue des étoiles,

Que savez-vous du jour que Dieu nous a promis ?

Les pâtres.

Quand il s'allumera nous serons endormis.

Le poëte.

Fleuves sacrés, ô Nil aimé des pyramides,
Qui vois l'ibis divin hanter tes bords humides ;
Araxe, dont l'Abouz laisse en paix de ses flancs,
Comme un guerrier blessé, couler les flots sanglants ;
Oxus, que profana le coursier d'Alexandre ;
Euphrate, où tant de rois déchus ont vu descendre
Leurs trônes tour à tour de leur base arrachés ;
Gange, qui dans tes eaux laves tous les péchés
Et verses sans relâche aux amphores des brames
Tes ondes que Wishnou sillonna de ses rames ;
Depuis quatre mille ans, fleuves mélodieux,
Vous étanchez la soif des sages et des dieux.
Quel secret entendu sur vos rives antiques
Murmurent à la nuit vos roseaux prophétiques ?
Quels mots mystérieux chuchotez-vous tout bas ?

Les fleuves.

Poëte, nous rêvons, mais nous ne parlons pas.

Le poëte.

Sommets religieux, montagnes, promontoires,
Caps devenus autels, rochers expiatoires,
Ararat, où Noé de l'arche descendit,
Sauvant ce qui restait du genre humain maudit ;
Himalaya, qui vois les choses inconnues
Que l'azur éternel nous cache dans les nues ;
Sinaï, que gravit Moïse avec sa foi
Pour en descendre avec les tables de la loi ;
Horeb, que Raphidim avec effroi contemple ;
Liban, où Salomon prit les cèdres du temple ;
Etna, qui sers de phare aux voiles des marins
Et dardes vers les cieux tes éclairs souterrains ;
Pinde, où montent les pieds des grands visionnaires ;
Alpes, qu'incessamment sillonnent les tonnerres ;
Caucase, où Prométhée a senti, deux mille ans,
Les ongles des vautours lui tenailler les flancs ;
De l'œuvre du Seigneur, vous témoins solitaires,
Dites, que savez-vous, ô montagnes austères,
Du Sauveur que la voix des siècles nous prédit ?

Le Caucase.

Moi seul, avec les yeux de mon hôte maudit,
Moi seul, un soir, parmi le morne crépuscule,

J'ai vu le Rédempteur. — N'était-ce pas Hercule?

Le poëte.

O villes, autrefois ruches pleines de bruit,
Mais que le soc du temps déracine et détruit ;
Babylone, Palmyre, Ecbatane, ô ruines,
Où les siècles obscurs entassent leurs bruines ;
Ninive, dont le Tigre a baisé les remparts ;
Memphis, qui vois tes murs crouler de toutes parts ;
Thèbes, dont les grands sphinx aux mornes attitudes,
Hôtes silencieux des vastes solitudes,
Ont toujours quelque énigme à poser aux déserts ;
Karnak, qui dors couché dans tes longs roseaux verts ;
Tyr, qui, couvrant les mers des voiles de tes flottes,
A tous les points du globe envoyais tes pilotes,
Que savez-vous du jour nouveau qui doit venir ?

Les villes antiques.

Nous sommes le passé. Dieu seul sait l'avenir.

Le poëte.

Grèce qui ne vis plus, Rome qui vis encore,
De son lustre éternel la gloire vous décore.
Votre orgueil jusqu'aux cieux a maçonné sa tour.

Vous avez dominé le monde tour à tour,

L'une ayant son génie, et l'autre, son épée.

Tous les peuples liront votre double épopée.

Dont les siècles avec leur immortel burin

Gravent les chants rivaux sur leur livre d'airain.

Grèce, mère des dieux et mère des poëtes,

Tu sais tous les secrets de leurs lèvres muettes.

Or, puisque ton oreille a retenu, dit-on,

Ce que pensait Socrate et que rêvait Platon,

A-t-elle aussi gardé quelque note étouffée

Des hymnes de Linus et des rhythmes d'Orphée,

Rhapsodes inspirés, Pindares inconnus,

Dont les noms jusqu'à nous à peine sont venus,

Et qu'Homère, architecte illustre de sa gloire,

Des grands blocs de ses vers bâtissant ton histoire,

Absorba dans son nom, jour qui s'épanouit,

Comme fait le soleil des astres de la nuit?

Le vieux Trophonius que dit-il dans son antre

Et Delphes dans sa grotte où nul profane n'entre?

Prophète végétal qui parlait autrefois,

Le chêne de Dodone a-t-il perdu la voix?

Didyme comprend-il les strophes incertaines

Que chante au vent du soir le flot de ses fontaines,

Et Samos entend-il encore sur ses monts

Les tonnerres d'Héré gronder quand nous dormons ?

La Grèce.

Mes oracles éteints, d'où l'esprit se retire,
Se sont tous endormis, ne sachant plus que dire.
Ils gardent le silence, et j'interroge en vain
Les bouches qui parlaient sur le trépied divin.

Le poëte.

Rome, pour mesurer la carte de la terre,
Ta main n'a qu'à lâcher ton aigle militaire.
Rien qu'à ton nom les rois tremblent dans leurs palais.
Ainsi qu'un oiseleur, tu tiens dans tes filets
Toutes les nations, vassales de ton glaive.
Plus de pouvoir humain qui de toi ne relève,
Et le monde a compris que tu tiens sous le ciel
Une des royautés prédites par Daniel.
L'univers pour toi seule enfante ses largesses.
Les siècles à tes pieds entassent leurs sagesses,
Et sur ton Capitole, Olympe radieux,
Ton génie éternel accueille tous les dieux.
Quand ils parlent entre eux, que disent-ils, ô Rome,
Des temps où l'on verra le Verbe se faire homme,
Et parmi les vivants apparaître celui

Dont l'image aux yeux seuls des prophètes a lui?

Rome.

Mon Olympe est muet. Mais demande à Virgile
Dans quel mythe il a vu rayonner l'Évangile,
Et si dans le Sauveur quelque jour je verrai
Le symbole futur de Saturne et de Rhé.
Puis interroge encor la sibylle de Cume,
Dont l'esprit lumineux sous l'erreur, sombre écume,
Voit couler ce flot pur qu'on nomme vérité,
Et discerne à travers toute nuit la clarté.

Le poëte.

Cependant l'heure est proche, et l'aube du Messie,
L'aube du jour marqué dans toute prophétie,
Est près de dévoiler ses rayons éclatants
Et de réaliser les promesses des temps.
Quand le silence a clos la bouche des oracles,
Le Seigneur va parler par la voix des miracles
Et se montrer au monde, ainsi qu'il est écrit,
Vivant et sous les traits de son fils Jésus-Christ.
Il veut renouveler son pacte avec la terre
Et compléter la loi que sur ta cime austère
Il écrivit, autel où Moïse monta,

Sinaï, — marchepied du sombre Golgotha !

Betléhem, Betléhem, que de cités célèbres,
Où la nuit morne étend son manteau de ténèbres
Et dont le souvenir, dans l'ombre enseveli,
S'enfonce chaque jour plus avant dans l'oubli !
Capitales d'empire et têtes de royaumes,
Que couvrent aujourd'hui les sables ou les chaumes ;
Centres éblouissants où, de tous les humains,
Ainsi qu'à leur vrai but, convergeaient les chemins ;
Carrefours où venaient se rencontrer des races
Dont l'histoire elle-même en vain cherche les traces ;
Abreuvoirs dont les flots, depuis longtemps taris,
D'âge en âge épandaient la sagesse aux esprits ;
Vaste enchevêtrement de marbre et de porphyre :
Palais auxquels des monts entiers n'ont pu suffire ;
Enceintes de granit aux immenses contours,
Qui remplissaient les airs de dômes et de tours,
Citadelles d'airain où fourmillait naguère
Un monde de soldats avec leurs chars de guerre
Et qui, dans leurs remparts, comme en une prison,
Enfermant le soleil de tout un horizon,
Entassaient dans les cieux leurs murs inabordables
Et prolongeaient sans fin leurs lignes formidables ;

19

Forteresses de gloire ou foyers de clarté,

Si grands qu'on les eût dits faits pour l'éternité!

Pourtant que reste-t-il de leur splendeur passée?

L'une est un rêve éteint, l'autre, une ombre effacée :

Ruines que la nuit remplit de ses sanglots,

Le désert de son sable, et la mer de ses flots,

Ou qui, débris obscurs d'édifices momies,

Reposent au linceul du néant endormies;

Ports détruits qui, le long de leurs môles déserts,

Regardent l'algue en paix lisser ses cheveux verts;

Cadavres enfouis dans le limon des fleuves;

Villes mornes pleurant, le soir, comme des veuves;

Sépulcres écroulés, que parfois, en rêvant,

On fouille, sans plus rien y trouver de vivant,

Ou qui n'ont plus gardé de place sur la terre

Et dont le nom lui-même est pour nous un mystère!

O Betléhem, mais tant qu'on verra dans les cieux

Les chars des astres d'or rouler sur leurs essieux

Et le soleil tracer, dans sa route première,

Du soc de ses rayons ses sillons de lumière,

Ton nom sera sacré, ton nom sera béni.

Les temps le rediront dans leur hymne infini.

Les bouches des petits et les lèvres des sages

Se le répèteront à travers tous les âges ;

Car, du monde chrétien vrai centre et vrai milieu,

D'une étable tu vas faire un palais à Dieu!

Regarde, ô Betléhem ! Que vois-tu dans la nue ?

Betléhem.

Je vois monter au ciel une étoile inconnue.

L'homme, depuis le jour de la création,

N'a pas vu resplendir de constellation

Plus brillante parmi les lumières sans nombre

Dont l'ange de la nuit jonche les champs de l'ombre,

Chemin de perles d'or, sables de diamant

Que le pied du Seigneur foule au bleu firmament.

Le poëte.

Écoute, ô Betléhem ! Qu'entends-tu dans la nue ?

Betléhem.

J'entends venir du ciel une voix inconnue.

Ni l'oiseau printanier qui, dans les bois ombreux,

Égrène au vent des nuits ses rhythmes amoureux,

Ni les psaumes, tissus de strophes merveilleuses,

Qu'entonne au soir le chœur de mes brunes veilleuses,

Ni les chants que mes luths soupirent quelquefois,
O poëte, ne sont plus doux que cette voix.

Chœur des anges.

O monde, prête-nous l'oreille ; car nous sommes
   Toute la vérité.
Gloire à Dieu dans le ciel ! Paix sur la terre aux hommes
   De bonne volonté!

Pour les peuples voici qu'à l'horizon se lève
   Le soleil inconnu.
La concorde et l'amour remplaceront le glaive ;
   Car le Christ est venu.

La promesse des temps enfin se réalise,
   Et Dieu reprend son tour.
Le temple obscur s'en va faire place à l'Église,
   Comme la nuit au jour.

Pour le monde, épuisé par trop de luttes vaines,
   Les portes vont s'ouvrir,
Les portes de la vie, où n'entrent point les haines,—
   Et la mort va mourir !

LES BARONS DES ORCADES,

poëme dramatique.

Les barons des Orcades,

POÈME DRAMATIQUE.

FRAGMENT.

ACTE DEUXIÈME.

PERSONNAGES.

HACCO MAC-CLEAN, lord d'Éda.

JUTTA, norne.

DUNSTAN l'Aveugle, barde du clan de Hacco.

FERGUS, son fils } pêcheurs.
YVOR

MALCOLM, enfant, guide de Dunstan.

(La scène se passe dans une anse de l'île d'Éda, une des Orcades. Le théâtre représente une plate-forme élevée au bord de la mer et précédée d'une étroite bande de sable. Sur l'avant-plan, quelques rochers, entre lesquels est amarrée une barque de pêcheur, dont la proue porte une torche allumée et inclinée sur l'eau. Sur la plate-forme, qui est bordée d'une sorte de balustrade composée de blocs informes de granit et d'où l'on peut descendre vers la grève par un escalier de pierre, se dresse une vieille tour d'architecture normande, à moitié en ruine. Elle se rattache, vers la droite du spectateur, à un massif de rochers dont les formes sauvages et abruptes s'étagent dans l'air et dont le sommet est couronné du château d'Éda, que l'on aperçoit vaguement à l'arrière-plan. Entre ces rochers circule une rampe qui, taillée dans la pierre vive et cachée de distance en distance par quelque saillie de granit, relie le château à la plate-forme, où elle s'arrête à côté de la tour. A la gauche du spectateur, au fond, la mer calme et sereine. La scène est éclairée par un crépuscule incertain. Dès la troisième scène, on voit par moments vibrer à l'horizon quelques reflets rougeâtres d'une aurore boréale.

Au lever de la toile, Fergus et Yvor, occupés à pêcher à la torche, ramènent leur filet et descendent sur la bande de sable qui s'étend au pied de la plate-forme. Ils contemplent le château d'Éda par une des brèches qui s'ouvrent entre les blocs de rocher dont la plate-forme est bordée.)

SCÈNE PREMIÈRE.

YVOR, FERGUS.

YVOR.

Dans quel siècle, ô mon Dieu, vivons-nous? Quelles choses
Nous voyons!

FERGUS.

Oui, c'est vrai, les jours ne sont pas roses
Pour nous surtout, pour nous, pauvres gens dont le sort,
En ces temps de malheur, est pire que la mort.
Car toujours, n'est-ce pas? toujours sur les chaumières
Les foudres des châteaux éclatent les premières,
Et partout on ne voit, dans le choc des partis,
Que les grands se battant sur le dos des petits.

YVOR.

Pires que des païens et pires que des Mores,
Ils ne quittent pas, même en dormant, leurs claymores,
Et sans cesse, pareil aux clameurs des démons,
Leur pibroc assourdit les échos dans les monts.

FERGUS.

Encor s'ils nous laissaient, en paix à notre ouvrage

Et libres, sur la mer, où gronde assez l'orage,

Conduire notre barque et jeter nos filets,

Et s'ils ne rougissaient de sang que leurs palais !

YVOR.

Que Dieu nous vienne en aide !

FERGUS.

Hélas ! que de querelles !

Les Orcades se font toutes la guerre entre elles,

Rocher contre rocher, manoir contre manoir.

Pas un mont qui ne dresse en l'air un drapeau noir ;

Pas une île où les flots, en côtoyant sa rive,

Ne trouvent un cadavre à prendre à la dérive.

Et quand les chefs sont las de guerres et d'assauts,

Ils s'amusent. Comment ? A piller leurs vassaux.

O furieux maudits, qui, de leurs sentinelles,

A guetter l'horizon fatiguent les prunelles,

Et font sur leurs remparts, hérissés de créneaux,

Le jour, veiller leur pique et, la nuit, leurs fanaux.

Lorsque les champs en vain attendent les semailles,

Eux, sans se dévêtir de leurs cottes de mailles,

Sont toujours prêts, le casque au front, la dague en main.

Chaque soir on se dit : « Que feront-ils demain ? »

Et, dès l'aube, voilà que, de leurs portes noires
Les herses, dents de fer, entr'ouvrent les mâchoires,
Et que, la lance haute, ils sortent de leurs tours
Et fondent sur la plaine ainsi que des vautours.
Puis, le soir, quand, rentrés dans leurs sombres bastilles,
Ils relèvent les ponts et referment les grilles,
L'épervier va glaner où leur pied a passé,
Dans le chemin de sang que leur glaive a tracé.

YVOR.

O lairds, ô chefs de clans, seigneurs, barons et comtes,
Quel jour Dieu viendra-t-il vous demander vos comptes,
Et, forçant vos manoirs pleins d'effrayants secrets,
Écrire sur vos murs : « Mané, Thékel, Pharès ? »

FERGUS.

Oh ! le jour du Seigneur est plus près qu'on ne pense.

YVOR.

Ami, si tu dis vrai, le ciel te récompense !
Car voilà bien longtemps, hélas ! que nous versons,
Nous qu'on foule et meurtrit de toutes les façons,
La sueur de nos fronts et le sang de nos veines.
Et je croyais Dieu sourd à nos prières vaines.

FERGUS.

Yvor, écoute-moi. Sur ce rocher, si haut
Qu'il n'a jamais subi l'insulte d'un assaut,
Regarde s'élever ce château formidable,
Sinistre et seulement aux aigles abordable.
Je ne l'ai jamais vu de près ce lieu maudit.
Mais mon père souvent, le vieux barde, m'a dit,
Quand il venait, le soir, visiter sa famille
Et causer avec nous sous notre humble charmille :
« Mon fils, aime ta barque et reste à tes filets ;
« Car le bonheur n'est pas toujours dans les palais. »

YVOR.

Comment! Il te disait cela, Fergus?

FERGUS.

Écoute.
« Mon fils, ajoutait-il, qui sait ce qu'il en coûte
« Aux grands d'être puissants, et de quels deuils secrets
« Souvent leur cœur est plein quand on y lit de près?
« L'hermine et le velours cachent bien des misères.
« La douleur sait trouver les aigles dans leurs aires ;
« Et, dans son nid de marbre immense et colossal,

« Parfois le suzerain pleure comme un vassal. »

YVOR.

Mais à propos de qui parlait-il de la sorte ?

FERGUS.

De qui ? Par saint Ronald ! il faut que le mot sorte.
Il me parlait d'Hacco Mac-Clean, lord suzerain
Et haut baron d'Éda, l'île aux guerriers d'airain...

YVOR.

De notre maître à nous ?...

FERGUS.

De l'homme qui respire

Là-haut et qui se fait de notre île un empire.
Yvor, cet homme-là, spectre de ce manoir,
Entend déjà gronder la foudre en son ciel noir.
Son sablier s'écoule, et son heure est venue.
Il a beau s'abriter sur son roc dans la nue
Et vouloir, dans ses murs, cuirasse de granit,
Se dérober aux coups de la main qui punit.
La justice de Dieu, dont le méchant se raille,
Vient un jour appliquer l'échelle à sa muraille ;

20

Et, malgré lui, de trouble et de terreur saisi,
Monte à sa citadelle et lui dit : « Me voici ! »

(Montrant le château.)

Elle est là, mon ami, l'hôtesse redoutée.
Sur la montagne sombre elle est enfin montée.

YVOR.

Parle plus bas, Fergus, au nom du ciel ! Parfois
L'oreille des rochers écoute notre voix.

FERGUS.

Elle peut m'écouter, et la nuit peut redire
Au tyran qu'une voix est là pour le maudire,
Et les ondes aux vents et les vents à l'écho
Peuvent jeter ce cri : « Maudit le comte Hacco ! »

YVOR.

Mais parle donc plus bas, ô Fergus, je t'en prie.

FERGUS.

Pourquoi ?

YVOR (montrant la tour de Jutta).

Regarde là cette tour. Je parie

Que Jutta, la voyante à l'esprit éclairci,
De là-haut nous observe et nous écoute ici.

FERGUS.

Tant mieux, Yvor...

YVOR.

Comment?...

FERGUS.

Car Jutta c'est notre ange.

Une lumière brille en cette femme étrange,
Et son âme, profonde et pleine de pitié,
Dans toutes nos douleurs est toujours de moitié.
Elle a reçu du ciel le don de prophétie,
Et comprend ce que l'onde à l'onde balbutie
Et quels secrets obscurs le murmure des vents
Raconte, chaque soir, au monde des vivants.
Elle recueille, alors que l'ombre étend ses voiles,
Les dialogues d'or qui tombent des étoiles
Et les longs entretiens qu'ont les astres entre eux
En parcourant, la nuit, leur palais ténébreux.
Par le cœur et l'esprit, Yvor, elle est des nôtres...

YVOR.

Oui, quand nous ne trouvons que mépris chez les autres,

Elle, pieusement tournant notre âme ailleurs,

Nous montre l'avenir peuplé de jours meilleurs.

Car sur toute blessure et sur toute souffrance

Sa charité répand l'huile de l'espérance,

Et, pour nous soutenir, nous n'avons que sa main,

Nous qui ne comptons point parmi le genre humain

FERGUS.

Aussi dans la chaumière on l'aime autant, sans doute,

Que notre maître Hacco la craint et la redoute.

Dans cette vieille tour, que les rois de la mer

Bâtirent autrefois au bord du flot amer,

Depuis plus de trente ans elle habite, inconnue ;

Car nul n'a jamais su comment elle est venue

Dans cette île. On m'a dit, —l'homme invente parfois,—

Que son vrai nom, cité dans les cours autrefois,

Sort d'un de ces donjons que sur ses roches mornes

La Norwége suspend sur l'Océan sans bornes,

Mais qu'elle l'a caché sous celui de Jutta.

Un jour, il m'en souvient, un pêcheur ajouta

Qu'enfant il avait vu, par une brume intense,

D'une barque danoise, amarrée en cette anse,

Une femme descendre, ayant pour compagnon

Un guerrier dont jamais il ne m'a dit le nom,

Et qu'il était ici pendant qu'ils prenaient terre

Et se glissaient tous deux dans la tour solitaire.

Or cette femme était Jutta. Depuis ce jour

Dans la ruine sombre elle fait son séjour.

De ces murs redoutés mystérieuse hôtesse,

On prétend que souvent Jutta la prophétesse,

Par quelque souterrain taillé dans le rocher,

Monte vers le château dont nul n'ose approcher,

Et que, Dieu lui prêtant sa force et sa science,

Elle interpelle Hacco comme une conscience.

Le jarl, assure-t-on, en a peur, et l'on dit

Qu'elle vient hardiment l'appeler le maudit.

Mais n'importe ; pour nous, pauvres gens des chaumières,

Sa charité féconde est pleine de lumières ;

Et, si parfois quelqu'un ne lit dans cet esprit

Que le langage obscur d'un livre mal écrit,

Qu'elle ait tous nos respects avec notre indulgence,

Yvor. Car la folie est une intelligence,

Et souvent l'insensé, des choses d'ici-bas

Voit le côté réel que nous ne voyons pas.

20.

UNE VOIX *(dans la tour de Jutta)*.

Fergus, c'est vrai!

FERGUS.

Salut, âme pieuse et haute!
Voici l'heure où l'esprit de Dieu devient ton hôte.
Dis-nous ce que tes yeux lisent dans l'avenir.

LA VOIX.

Mon fils, retire-toi. Le tyran va venir.

YVOR *(à voix basse)*.

Fergus!...

FERGUS.

Eh bien?

YVOR.

Un bruit de pas! Cela m'effraye...

FERGUS.

Des pas? De quel côté?...

YVOR (*montrant la rampe du rocher.*)

Là-haut.

FERGUS.

C'est quelque orfraie

Qui se réveille et bat des ailes dans son nid...

YVOR.

Mais non, quelqu'un descend ce rocher de granit.

(*On entend quelques cailloux rouler le
long du rocher jusqu'au pied de la
rampe.*)

FERGUS.

Sur mon âme, c'est vrai !

(*En ce moment on voit à mi-côte un
guerrier déboucher d'une des brèches
à travers lesquelles serpente la rampe
qui conduit au château.*)

YVOR.

Vois-tu ?

FERGUS.

Quelqu'un approche...

YVOR.

Où fuir ?

FERGUS.

Retirons-nous derrière cette roche

Ici.

YVOR.

Mais éteignons vite notre flambeau.

(*Il arrache la torche de l'avant de la
barque et l'éteint dans l'eau.*)

FERGUS.

Et soyons tous les deux muets comme un tombeau.

(*Le timbre du château sonne minuit.*)

SCÈNE DEUXIÈME.

HACCO, FERGUS, YVOR. (*Les deux pêcheurs, abrités derrière une saillie de rocher, restent en vue du
spectateur.*)

HACCO (*pensif et à demi-voix*).

Minuit vient de sonner Dans sa tour isolée

Jutta veille à côté de sa lampe étoilée ;

Car c'est l'heure nocturne où son esprit plus clair

Dans toute obscurité voit briller un éclair.

Moi je suis dans la nuit et mon âme est dans l'ombre.

Je chemine à travers des abîmes sans nombre,

Seul avec ma vengeance et cherchant à savoir

Si j'atteindrai le but qu'hier je crus entrevoir.

Car l'avenir, mon Dieu ! sait-on ce qu'il renferme ?

Pourtant je me croyais encor tantôt si ferme.

A peine maintenant si j'ose regarder

Dans mon cœur et me dire : « A quoi se décider ? »

Mais cette femme-là me répondra, sans doute.

Qu'elle allume, ô Seigneur, son flambeau sur ma route,

Et que sa voix m'apprenne où tu dois aboutir,

O ma haine, chemin dont j'aspire à sortir !

> (*S'avançant vers la tour et frappant à la
> porte avec le pommeau de son poi-
> gnard.*)

Jutta !

UNE VOIX (dans la tour).

Qui vient ainsi me troubler dans mes rêves ?

HACCO.

Jutta, c'est moi.

LA VOIX.

J'entends, c'est l'infracteur des trêves.

(Jutta, vêtue de blanc, paraît sur le seuil de la tour.)

SCÈNE TROISIÈME.

JUTTA, HACCO, FERGUS, YVOR.

JUTTA.

Forban, que viens-tu faire ici ?

HACCO.

T'interroger.

JUTTA.

Sur quoi ?

HACCO.

Sur Mac-Danor.

JUTTA.

Et me faire juger,

Sans doute, si l'Écosse a, parmi ses épées,

Dans ses manoirs remplis de sombres épopées,

Dans ses donjons sanglants, réceptacles maudits,

Où règnent des seigneurs moins soldats que bandits,

Dans ses tours à créneaux, redoutables tanières

Où des pillards armés font flotter leurs bannières,

Dans ses ports obstrués de piéges et de bancs,

Dans ses nefs où se cache un peuple de forbans,

Dans ses rochers semés de lâches embuscades,

Si l'Écosse, d'un bout à l'autre des Orcades,

A citer un seul nom moins digne d'un chrétien,

Hacco Mac-Clean, seigneur d'Éda, que n'est le tien ?

Car, te sentant venir à travers la nuit sombre,

Je feuilletais tes jours pleins de taches et d'ombre,

Et marchais, éperdue et le front pâlissant,

Dans ta lugubre histoire écrite avec du sang...

HACCO *(l'interrompant).*

Ces pages de ma vie, oh ! laisse-les fermées,

Pages pleines de deuil...

JUTTA.

Et de crimes semées.

Hacco, tu les devrais relire quelquefois.

L'avenir c'est l'écho ; le passé c'est la voix,
C'est le livre où soi-même on se voit face à face.
Ce qui s'y trouve écrit plus jamais ne s'efface ;
Et, reculant devant lui-même de frayeur,
L'homme qui se relit devient souvent meilleur.
On pense à son linceul plutôt qu'à sa cuirasse
Quand on est, comme toi...

HACCO (*avec amertume*).

Le dernier de sa race !...

JUTTA.

Et que dans la vieillesse on entre à pas tremblants.
Les mains rouges vont mal avec les cheveux blancs.
Songes-tu quelquefois, durant tes insomnies,
A tes fils ?...

HACCO (*avec émotion*).

Dieu, rends-moi ces deux têtes bénies
Dont la place est toujours vide dans ma maison !...

JUTTA.

A ta femme qui vit s'éteindre sa raison ?...

HACCO.

Et sa vie!...

JUTTA.

A l'enfant qu'allaitait sa mamelle
Et qui, fleur de ton arbre, en disparut comme elle?...

HACCO.

Dernier fruit de ma branche, hélas! que mes sanglots
Redemandent sans cesse au gouffre obscur des flots!

JUTTA.

Eh bien! par tous ces morts...

HACCO.

Jutta, laisse, de grâce,
Dormir tranquillement ces lambeaux de ma race.
Laisse-leur le sommeil que je ne trouve plus...

JUTTA.

Eh bien! par tous ces morts au cercueil dévolus,
·Par tes fils que la guerre a fauchés avant l'heure,
Par la femme dont l'ombre en tes nuits erre et pleure,

21

Par l'enfant que toujours, ce fantôme charmant,
Au désert de ton cœur tu cherches vainement,
Par leurs tombes depuis si longtemps délaissées,
Et que baignent la nuit seulement les rosées ;
Par tous ces souvenirs dont les mornes débris
Encombrent le chemin où vont tes pieds meurtris,
Ruines du passé qui jonchent ta carrière, —
Hacco Mac-Clean, regarde un moment en arrière.
Car tes sentiers sont pleins de rêves décevants,
Et les morts sont les vrais conseillers des vivants.

HACCO.

Aussi, toutes les nuits, Jutta, dans les ténèbres,
J'entends à mon chevet leurs fantômes funèbres,
Les yeux vers mon épée et leurs bras dirigés,
Crier : «Nous sommes morts, mais sommes-nous vengés ?»
Ceux-là sur qui la tombe a fermé ses barrières
Me demandent du sang et non pas des prières.

JUTTA.

Du sang ! toujours du sang ! Soldat au cœur de fer,
Plus dur que le rocher où niche ton enfer,
Sur la route, ô Mac-Clean, que tes pieds ont suivie,

N'en as-tu pas assez répandu dans ta vie?...

HACCO.

O Jutta, mes deux fils!...

JUTTA.

    Tu veux donc, par les cieux,
Tu veux avoir toujours du rouge dans les yeux?...

HACCO.

Ma femme et mon enfant!...

JUTTA.

    Hacco, l'homme du glaive,
Monte sur la montagne où ton castel s'élève
Et regarde s'il est, dans l'horizon entier,
Un rocher, un vallon, une gorge, un sentier,
Une ravine au flanc des collines creusée,
Dont la lèvre n'ait bu ta sanglante rosée ;
Un carrefour où Dieu ne t'ait vu, vrai larron,
Sous le masque des nuits déguisant le baron,
Voler au pèlerin sa gourde et son cilice,
Au moine sa besace, au prêtre son calice ;
Une case de serf, un toit de laboureur,

Où ton nom exécré soit cité sans terreur.

Puis, au delà des flots, qui te servent de garde,

Du côté de Westra regarde encor, regarde

Les pics où Mac-Danor déroule dans les vents

Son drapeau blasonné de trois lions vivants.

Vous labourez tous deux, et depuis vingt années,

Les Orcades avec vos guerres obstinées.

Vous usez dans le flanc des peuples, ô bourreaux,

Vos glaives dont vos mains ont brisé les fourreaux.

Partout dans vos rochers se dresse quelque embûche.

Sur une trahison partout le pied trébuche.

Chaque jour, quand l'aurore au ciel s'épanouit,

On demande : « Quel crime ont-ils rêvé la nuit ? »

Ce ne sont que forfaits, guet-apens et surprises

Et guerres lâchement et dans l'ombre entreprises.

Quand mettrez-vous un terme à ces acharnements,

Vieillards, qui vous mentez jusque dans vos serments ?

O Mac-Clean, toi surtout, toi dont les mains impures

N'ont pas assez de doigts pour compter tes parjures,

Mac-Clean, dis-moi, quand donc cela doit-il finir ?

HACCO.

Dieu seul est patient ; car il a l'avenir.

JUTTA.

Dieu laisse faire.

HACCO.

Et l'homme agit. Ma vie entière,
Tu le sais, n'est qu'un vaste et morne cimetière,
Où dans leur froid linceul dorment ceux que j'aimais.

JUTTA.

Excepté ton épée.

HACCO.

Elle ne dort jamais.
Il lui reste à tirer de trois bouches trois râles,
A creuser pour trois morts trois fosses sépulcrales.
Puis elle peut dormir à son tour.

JUTTA.

Puis après,
Tu creuseras, vieillard, la quatrième auprès,
Afin qu'un jour nos clans, méditant sur tes crimes,
Disent : « L'assassin mort garde bien ses victimes! »
Écoute : mon esprit, du fond de mon séjour,

21.

Invisible témoin, te guette nuit et jour,

O Mac-Clean, et ce soir, comme à travers un rêve,

Il a vu, malgré l'ombre, aborder à la grève

Ta barque de pirate avec trois prisonniers,

Les Mac-Danor...

HACCO.

Jutta, ce seront les derniers.

Et, quand j'aurai broyé, par saint André d'Écosse,

Le chêne dans son gland et le fruit dans sa cosse,

Je vêtirai, dans l'ombre enfin enseveli,

Ce linceul des vivants que l'on appelle oubli.

JUTTA.

Et maintenant, Mac-Clean, qu'à l'abri d'une trêve

La trahison a fait ce que n'osa le glaive,

Tenant tes ennemis dans ton antre glacé,

Tu trembles d'achever le crime commencé.

Et te voici qui veux sans doute apprendre, infâme,

Ce que Dieu te dira par mes lèvres?

HACCO.

Oui, femme,

Je veux, lisant mon sort dans ton livre de fer,

Savoir le dernier mot du ciel et de l'enfer.

Ouvre-moi l'avenir.

JUTTA (montrant le ciel).

Regarde la nuit morne.

Pas un astre ne luit dans l'espace sans borne.

(Montrant la mer.)

Écoute. Plus muette encore que les cieux,

La mer dort dans son lit sombre et silencieux,

Et seulement le long de sa courbe idéale

L'Océan voit errer l'aurore boréale.

Pas un rayon là-haut, et pas un bruit là-bas.

La nature sommeille et ne répondrait pas.

Mais il est une voix encore sur la terre,

Que le Seigneur inspire et qui ne peut se taire...

HACCO.

Et cette voix ?...

SCÈNE QUATRIÈME.

JUTTA, HACCO, DUNSTAN, MALCOLM, FERGUS,
YVOR.

DUNSTAN.

Mac-Clean, c'est la mienne !

(Conduit par Malcolm, il descend lente-
ment les marches de la tour de Jutta.)

HACCO *(en apercevant le barde).*

O Satan!
Est-ce un prestige?...

DUNSTAN.

Non, c'est moi-même Dunstan
Votre barde.

FERGUS *(à demi-voix).*

Mon père!
(Il s'élance vers la barque, en tire un arc
et une flèche et revient se placer devant
une brèche ouverte dans les blocs de
rocher qui le dérobent à Hacco.)

JUTTA.

O Mac-Clean, il me semble,
Tu pâlis à nous voir ici tous deux ensemble
Devant toi, le maudit qu'on aurait pu bénir,
  (Montrant Dunstan.)
Lui, la voix du passé, moi, l'œil de l'avenir.

HACCO (*mettant la main à la poignée de son épée*).

Que veut dire ceci, Jutta, de par la crèche
Où Dieu dormit?...

FERGUS (*à demi-voix en ajustant sa flèche*).

Un pas encore, et cette flèche
Lui répondra...

JUTTA.

Mac-Clean, tu vas l'entendre...

HACCO (*à Dunstan*).

Eh bien?

DUNSTAN.

Vos ancêtres, messire, étaient des gens de bien.
L'âme de ces vaillants, solidement trempée,
Était faite d'honneur, ainsi que leur épée.
Leur parole donnée était sainte, et pour eux
Un serment n'était point un piége ténébreux
Qu'on dresse sous les pas d'un ennemi dans l'ombre.
L'aigle aime le soleil; le hibou, la nuit sombre.
C'étaient des chevaliers et non pas des larrons.

Ils montraient, en plein jour, comme de vrais barons,
Leur visage au danger et leur poitrine aux flèches,
Et forçaient, l'arme au poing, les remparts et les brèches.
Leur glaive,—mais que tout est changé désormais! —
S'y brisait quelquefois,—leur droiture jamais.
Car ils la gardaient pure, et duel ni bataille
Aux pals de leur blason ne faisaient une entaille.
Voilà ce qu'ils étaient ces géants belliqueux
Vous, qui portez leur nom, valez-vous autant qu'eux?

HACCO (*s'avançant vers Dunstan*).

On m'ose interroger, vieillard? En conscience,
Ton discours est plus long que n'est ma patience.

JUTTA (*avec une énergie qui le fait reculer*).

Arrière!

DUNSTAN.

Écoutez-moi, messire, jusqu'au bout.
Car je vous parle ici face à face et debout
Comme un juge que Dieu remplit de sa lumière
Et qui jette au palais le cri de la chaumière.
Or donc, Mac-Clean, baron d'Éda, répondez-nous.
Des héros vos aïeux que reste-t-il en vous?

Leur sang chevaleresque est tari dans vos veines,

Et le buisson a pris la place des grands chênes.

Les chênes c'étaient eux ; vous êtes le buisson.

De quel droit portez-vous encor leur écusson ?

Vous avez lâchement diminué leur race,

Et ce n'est plus leur cœur qui bat sous leur cuirasse.

Ils avaient deux vertus, soldats la loyauté,

Chrétiens le culte saint de l'hospitalité,

Et gardaient, sans fausser ces lois graves et hautes,

L'une à leurs ennemis, sire, et l'autre à leurs hôtes ;

Tandis que vous chassez, querelleur sans raison,

L'une de votre cœur, — l'autre de ta maison.

Hacco, l'enfer a mis sur toi ses mains funèbres ;

Et moi, dont les regards sont voilés de ténèbres,

Je bénis le Seigneur et tous les saints d'avoir

Mis la nuit dans mes yeux pour ne plus te revoir.

Va, poursuis dans le mal ta route peu chrétienne.

Je détache ma vie à jamais de la tienne,

Et, libre, je reprends ma liberté, n'ayant

A l'avenir plus rien à dire à ton néant

Si ce n'est, ô vieillard déjà mûr pour la tombe,

Ceci : « Songe au sépulcre où toute chose tombe ;

« Car tout homme, à travers la nuit ou la clarté,

« Arrive quelque jour devant l'éternité ! »

Dans vos nids bien-aimés, suspendus à ma branche,
Et votre mère blonde, à côté, souriant,
Et moi qui retrouvais en vous mon orient !

(Après un moment de silence.)

Mais, ô Dunstan, pourquoi derrière ce beau rêve,
Un morne isolement se fait-il sur ma grève ?
Pourquoi la nuit vient-elle en mon cœur obscurci ?

(Avec énergie.)

Car n'as-tu pas parlé de leurs tombes aussi ?
Mac-Danor, il te reste un grand compte à me rendre.
Tous les miens c'est chez toi que j'irai les reprendre.
Mais il faut à ma haine, il faut à ma douleur
Quatre têtes, — et vous n'êtes que trois. Malheur !

(A Jutta.)

Adieu, Jutta. Laissons faire la destinée.
Tout homme a devant soi quelque route obstinée
Où son pied doit marcher, par l'orage ou le vent,
Vers le ciel ou l'enfer...

JUTTA.

Vers l'enfer plus souvent.

HACCO.

Qu'importe ?...

JUTTA.

Un dernier mot, ô Mac-Clean, et médite
Ce mot en regagnant ta montagne maudite :
L'homme fait le poignard, mais Dieu fait le remords,
Et l'on n'enterre pas le crime avec les morts.

(Hacco remonte la rampe du rocher.)

SCÈNE SIXIÈME.

JUTTA seule. *(En suivant Hacco des yeux.)*

Monte sur ton rocher ; vautour, rentre en ton aire ;
Car les lieux les plus hauts sont plus près du tonnerre.
Fils de ces rois marins qu'on nomme fils de Thor,
Fais sur ton blason noir peindre son marteau d'or ;
Dans le silence obscur des nuits mornes et brunes,
Interroge à loisir les baguettes des runes ;
Et, chrétien mal lavé, du vieux monde païen
Fouille le sens caché, — le mal n'est pas le bien.
C'est moi qui te le dis, moi qui, de Dieu nourrie,
Vois passer devant moi tes forfaits quand je prie,
Et qui, lorsque là-haut tu blasphèmes, parfois
A ton chevet troublé fais retentir ma voix.

Pourtant, de cette main si faible et si fragile,

Je pourrais te briser comme un vase d'argile,

Ou par un mot peut-être en ton cœur réveiller

Ce qui reste d'humain dans ce sombre hallier.

Mais ce mot, le Seigneur, gardien de tout mystère,

L'a scellé sur ma lèvre, et je dois te le taire

Jusqu'au jour qui fera, bandit transfiguré,

Sortir de l'homme ancien l'homme régénéré.

Donc que le flot s'écoule et que tout s'accomplisse.

Poursuis ta route, ayant la haine pour complice.

L'homme fait le poignard, mais Dieu fait le remords,

Et l'on n'enterre pas le crime avec les morts.

FIN DE L'ACTE DEUXIÈME.

Septembre 1855.

ÉTUDES RHYTHMIQUES.

Espoir en Dieu.

IMITÉ DE L'ALLEMAND.

———

Mein Herz, du gleichst dem Schiffe
Auf sturmgepeitschtem Meer
Ed. Mar. Oettinger.

⁂

Mon cœur est pareil au navire
En proie aux caprices des mers,
Roulant sur le flot qui chavire,
Roulant dans les gouffres amers.

Il n'ose compter ses orages,
Il n'ose compter ses combats,

Et cherche, à travers les naufrages,
Un port qu'il ne trouvera pas.

Il cherche cette île charmante
Où j'ai tant rêvé de beaux jours.
Mais dans la tempête écumante
Cette île s'éloigne toujours.

Il cherche une plage sereine
Où règnent la paix et l'oubli.
Mais l'onde jalouse m'entraîne,
Et d'ombre mon ciel est rempli.

Il lutte sans voir une étoile
Percer les ténèbres de l'air.
Et rien ne fait signe à ma voile.
Pas d'autre fanal que l'éclair.

En vain l'horizon vaste et sombre
Lui laisse entrevoir vaguement
La plaine des ondes sans nombre,
La mer, ce désert écumant.

Battu par le flot qui le presse,

S'il fait par moments dans la nuit
Tonner ses canons de détresse,
La foudre en étouffe le bruit.

Sans perdre pourtant le courage
Il lutte sans cesse et toujours.
Hélas ! car si Dieu fait l'orage,
Sa main est aussi le secours.

Juillet 1854.

La harpe printanière.

I hear a spirit sing from yonder vale.
Th. Moore.

Écoutez là-bas, tout au fond des bois,
   Dans son nid de mousse,
Écoutez gémir cette douce voix,
   Cette voix si douce.

Sous la feuille ombreuse, au soleil levant,
   Dans la nuit dormante,

Comme un luth des cieux elle jette au vent
    Sa chanson charmante.

Les échos, émus dans leurs antres verts,
    Sont ravis d'entendre,
Sous les églantiers à la brise ouverts,
    Cette voix si tendre.

Et l'oiseau d'avril et la fleur des champs
    Et le vent qui passe
Semblent tour à tour écouter ces chants
    Dont s'emplit l'espace.

L'aube au jour demande et la nuit aussi
    Aux étoiles blanches
Quelle harpe d'or vibre et chante ainsi
    A travers les branches.

L'eau le veut savoir de ses frais buissons,
    Du roseau qui tremble,
Et le saule plein d'amoureux frissons
    Le demande au tremble.

Sous le dôme en fleur des rameaux flottants,

Cette voix touchante
N'est-ce pas, mon cœur, l'hymne du printemps,
Ou l'amour qui chante?

Mai 1853.

———

Les chansons.

―――――

Gesang verschönt das Leben,
Gesang erfreut das Herz ;
Ihn hat uns Gott gegeben,
Zu lindern Sorg' und Schmerz.
CHANSON POPULAIRE.

Sans vos nids, ô verts buissons,
Sans tes fleurs, prairie,
Sans musique, sans chansons,
Que serait la vie?
L'homme n'est qu'un pèlerin
D'un désert sans borne.

25

S'il n'a pas un gai refrain
    Que sa vie est morne !

Sur nos têtes quand aux cieux
    Gronde quelque orage,
Vite, vite un chant joyeux ;
    On reprend courage.
Vous rendez la vie aux fleurs,
    Pleurs qu'épand l'aurore.
Et tu rends la joie aux cœurs,
    O chanson sonore.

Rossignols, au fond des bois,
    Vives alouettes,
Hirondelles sur nos toits,
    O charmants poëtes!
Vous chantez toujours pour nous ;
    Mais, ô voix perlées,
Nous avons, ainsi que vous,
    Nos chansons ailées.

Juin 1854.

L'étoile cachée.

D'APRÈS UNE VIEILLE CHANSON LIMBOURGEOISE.

Latet sed nitet.
DEVISE DES ABRAGUA.

Je sais une étoile charmante
Qui brille là-haut dans les cieux.
Le soir, quand l'écho se lamente,
Souvent je la cherche des yeux
Et, quand tu t'allumes dans l'ombre
Parmi tes compagnes sans nombre,

Je sens mon cœur battre à te voir,
Étoile charmante du soir.

Bien loin, oh! bien loin de la terre
Souvent dans ma nuit j'ai cherché,
Cherché quelque abri solitaire,
Au monde des hommes caché.
Étoile qui luis dans la nue,
Étoile, es-tu l'île inconnue
Où rit ce printemps éternel
Que rêve mon cœur dans le ciel?

Éden qui là-haut étincelles,
Où cessent nos pleurs de couler,
Mon Dieu, qu'on me donne des ailes,
Vers toi je voudrais m'en aller.
Pourtant dans ta sphère suprême
Peut-on oublier ce qu'on aime?
Ou bien ce chemin hasardeux
Faut-il, pour le faire, être à deux?

Juillet 1854.

Les nuages.

_____

De wolke gôn en drive,
En drive door de log.
CHANSON POPULAIRE.

Savez-vous, ô blancs nuages
Qui dans l'air toujours roulez,
Le vrai but de vos voyages?
Savez-vous, ô blancs nuages,
Savez-vous où vous allez?

Voyageurs des lieux sublimes,

23.

Étrangers au monde humain,
Par les airs, ces grands abîmes,
Voyageurs des lieux sublimes,
Qui vous montre le chemin ?

Dans son large et bleu domaine,
Dans les vastes champs des cieux,
C'est la main de Dieu qui mène
Dans son large et bleu domaine
Votre chœur silencieux.

L'homme aussi n'est qu'un nuage.
Il ne brille qu'un matin.
Notre vie est un voyage.
L'homme aussi n'est qu'un nuage
Dont Dieu sait le but lointain.

Juin 1854.

Les fleurs.

— —

Qui vous donne, ô douces fleurs,
Aux baisers de l'aube écloses,
Qui vous donne vos couleurs,
Marguerites, lis et roses ?
Qui vous lace, le matin,
Vos corsages de satin ?

Et vos robes nuancées
Quelle main les a tissées ?

Quand le jour s'est rallumé,
Quelle voix dit à l'aurore :
« Sur mon peuple parfumé
« Verse en perles ton amphore ? »
Qui murmure au vent du soir,
Quand le ciel devient plus noir :
« Brise, avant que tu sommeilles,
« Rafraîchis mes fleurs vermeilles ? »

C'est ta main, Seigneur, qui fit
Les étoiles et les roses.
C'est ta voix, Seigneur, qui dit :
« Rayonnez, mes fleurs écloses. »
Les joyaux de ton écrin
Sont les fleurs, Dieu souverain,
Sur la terre où l'homme passe,
Et les astres dans l'espace.

Mai 1852.

————

Le cœur donné.

D'APRÈS UNE VIEILLE MÉLODIE LIMBOURGEOISE.

———

Dat krygs te noet, dat krygs te noet.
Et is al lang gegeven.
CHANSON POPULAIRE.

⁂

— « Donne-moi ton cœur, » — me disait l'étoile

Qui, le jour, se voile,

Douce fleur du ciel, qui s'épanouit

Quand revient la nuit

— « Donne-moi ton cœur, » — me disait la branche

De la rose blanche

Que le beau soleil de ses lèvres d'or
        Baise et baise encor.

— « Donne-moi ton cœur, » — me disait l'abeille,
        L'aube en sa corbeille,
L'aube a tant de fleurs, et je t'en ferai
        Tant de miel doré. »

Non, l'abeille d'or ; non, l'étoile aimante ;
        Non, la fleur charmante.
Si mon cœur vous plaît, j'en suis bien peiné ;
        Car il est donné.

                                Juin 1854.

L'absent.

SUR UNE VIEILLE MÉLODIE FINNOISE.

———

Nur Erinnrung lebt,
Ein schöner Traum, von Nebelduft umwebt.
Th. KÖRNER.

⁂

Quand ta main légère effleure,
Ton luth d'or, ma belle,
Songe, songe à moi qui pleure,
A l'absent fidèle.

Juin, vêtu de fleurs écloses,
Juin a tous ses charmes,

Le bocage est plein de roses,
Mon cœur plein de larmes.

Dans le ciel et sur la terre
On voit tout sourire.
Dans les bois quel doux mystère !
Et mon cœur soupire.

Je voudrais avoir une aile
Comme la colombe,
Pour aller vers toi, ma belle,
Ou bien vers la tombe.

Décembre 1856.

Les genêts.

———

Lasst euch pflücken, lasst euch pflücken,
Lichte Blümlein, meine Lust!
URLAND.

———

Loin des villes, ces cirques de bruit,

Loin des villes, ces cirques de haines,

Les bruyères ont vu dans leurs plaines,

Vu fleurir le genêt, cette nuit.

Tressons-nous, des fleurs d'or de nos landes,

Mes amis, tressons-nous des guirlandes !

24

Sur les monts et dans les prés,
Dans les champs tout diaprés
S'ouvrent mille fleurs aimées.
Vers les cieux éblouissants
Elles font monter l'encens
De leurs urnes parfumées.

Notre père, ô Créateur,
Toi qui lis dans notre cœur
Et nous prêtes ta lumière,
Pour te dire, chaque jour,
Pour te dire notre amour,
Nous n'avons que la prière.

Juin 1853.

La sérénade d'Haben Hamet.

D'APRÈS UNE VIEILLE CHANSON ESPAGNOLE.

———

Mientras duorme mi nina.
ROMANCERO.

Quand la lune sur Grenade
Fait pleuvoir ses blancs rayons,
Pour ouir la sérénade
Que tout bas nous réveillons,
Aux balcons avec mystère
Toutes deux se vent croisant :

24.

L'une y monte de la terre,
Et du ciel l'autre y descend.

Si ma belle est endormie,
Porte-lui bien doucement,
Ma guitare, mon amie,
Les soupirs de son amant.
Sois si tendre et si touchante
Qu'elle doute dans la nuit
Si la lune pleure et chante,
Si ton chant rayonne et luit.

Triste comme Philomèle
Qui gémit au fond des bois,
Dans ses songes glisse et mêle
Le doux charme de ta voix.
En ses rêves d'or fais naître
Un prestige si vainqueur,
Qu'elle m'ouvre sa fenêtre
En croyant m'ouvrir son cœur.

Juillet 1836.

L'adieu de la fiancée.

SUR UNE VIEILLE MÉLODIE ALLEMANDE.

> Lebe wohl, lebe wohl, mein Lieb !
> Muss noch heute scheiden.
> UHLAND.

La montagne encor, de brouillard couverte,
Livre aux vents glacés son sommet transi.
Et le val déjà met sa robe verte.
Vois l'hiver là-haut, le printemps ici.

Quand l'oiseau de mai pend son nid aux branches,
Quand de frais parfums l'air est embaumé,

La montagne encore a ses neiges blanches,
Et tu veux partir, ô mon bien-aimé.

Dans mon cœur aussi, dans mon cœur rayonne
Un printemps charmant, un soleil d'amour.
Et tu veux aller où l'orage tonne,
Et tu veux quitter où t'attend le jour.

O soleil, répands sur sa route obscure
Tes rayons vermeils et tes gerbes d'or.
Sème, ô doux printemps, sème ta verdure
Sur les noirs sentiers où va mon trésor.

Oh! descends sur moi, nuit profonde et sombre.
Brille pour lui seul, beau soleil de Dieu.
Laissez-lui le jour. Laissez-moi dans l'ombre.
Au revoir, mon cœur. O mon âme, adieu!

Juillet 1854.

L'orgueil humain.

———

Wat wete ver van de geheime van God ?
CHANSON POPULAIRE.

Savons-nous combien d'étoiles
Étincellent dans les cieux,
Fleurs des nuits que dans ses voiles
Berce l'air silencieux?
Les étoiles argentées
Dieu lui seul les a comptées.

Savons-nous combien de sables
Roulent dans les grands déserts,
Ou de flots infranchissables
Sur l'abîme errant des mers ?
Nul humain ne les dénombre.
Dieu lui seul en sait le nombre.

Créateur de toutes choses,
Qui fis naître du néant
Les étoiles et les roses
Et la terre et l'Océan,
Près de toi, Seigneur, en somme
Que vaut donc l'orgueil de l'homme ?

Août 1853.

L'idéal.

Suchet was nimmer verblüht.
ZACHARIAS WERNER.

J'ai cherché dans la nuit étoilée,
J'ai cherché dans les mornes déserts,
Dans la nuit de ténèbres voilée,
Dans les bois pleins de vagues concerts.

J'ai dans l'ombre écouté les fontaines
Qui chuchotent la langue des flots,

Le murmure nocturne des chênes
Et le chant matinal des bouleaux.

J'ai gravi les montagnes austères
Où s'accrochent les nids des aiglons.
J'ai sondé les chemins solitaires
Qui se cachent au creux des vallons.

J'ai pâli sur les livres des sages,
Sur les chants des poëtes divins,
Feuilleté les archives des âges,
Consulté les versets des devins.

Solitude, où ma muse respire,
L'espérance et l'amour et la foi,
L'idéal, l'idéal où j'aspire,
Il ne m'est révélé que par toi.

Octobre 1857.

————

Le secret.

Die alle können's nicht wissen,
Nur Eine kennt meinen Schmerz.
H. HEINE.

Ni l'oiseau qui gémit sous la feuille
Et qui chante sa plainte aux forêts,
Ni l'écho qui, dans l'ombre, recueille,
O ramier, tes nocturnes regrets ;

Ni la source des bois qui murmure
Les refrains de ses flots aux buissons,

25

Ni la brise qui sous la ramure
Fait bruire ses douces chansons ;

Ni l'oiseau, ni la source plaintive,
Ni l'écho, l'invisible moqueur,
Ni la brise, écouteuse furtive,
Ne sauront le secret de mon cœur

Je l'ai dit à vous seules, ô roses,
Je l'ai dit à vous seules, ô fleurs,
Le secret de mes veilles moroses,
Le secret de mes longues douleurs.

Hormis vous, nul ne sait dans le monde
Ce secret dont mon cœur est jaloux,
Hormis vous — et la tombe profonde
Qui le sait mieux encore que vous.

Août 1855.

Dans la forêt.

Retire-toi dans la solitude et adore l'écho.
PYTHAGORE.

Oh! la verte forêt, oh! la verte forêt,
    Qu'il est doux, qu'il est doux ton silence!
N'es-tu pas pour l'esprit un asile secret?
    Un refuge où notre âme s'élance?

Comme un temple de Dieu, sous tes arbres épais,
    Le poëte songeur tu l'accueilles.

Il respire le calme, il respire la paix
 Dans ton vert sanctuaire de feuilles.

Loin des hommes méchants, loin du bruit des partis,
 Il y trouve, parmi les grands chênes,
Mille échos de son cœur, dans les grottes blottis,
 Le murmure charmant des fontaines,

Et surtout deux oiseaux qui, pendant tout l'été,
 Vont chantant sur la branche fleurie ;
Car c'est toi, n'est-ce pas ? doux oiseau Liberté,
 Et c'est toi, doux oiseau Rêverie.

Juin 1857.

L'orchestre du printemps.

A UN POËTE.

———

Und alles lacht, une jauchzt, und freut sich.
H. HEINE.

Pour fêter le mois des fleurs,
  Blanches pâquerettes,
Vous avez, charmantes sœurs,
  Mis vos collerettes.
Les oiseaux sont tous en voix.
Leur orchestre chante au bois.
  Hâtez-vous, fleurettes.

25.

Sous leur dais feuillu, couvert
    D'églantines roses,
Quel joyeux et beau concert
    Font nos virtuoses !
Ravissant concert, ma foi,
Comme en a fort peu le roi
    Sous ses toits moroses :

Symphonie en *la* majeur,
    Avec trois dièses,
Qui te trouble, écho songeur,
    Sous tes verts mélèzes ;
Car, vrai cercle des beaux-arts,
La forêt a ses Mozarts
    Et ses Pergolèses.

Leurs accords en longs tissus
    Flottent dans l'espace.
Le bouvreuil est un dessus,
    Le corbeau, la basse.
La fauvette est leur ténor,
Puis le rossignol encor,
    Doux chanteur qui passe.

Or voici le mois joyeux
    Où toute âme aspire,
Et la terre aux vents des cieux
    Fait vibrer   sa lyre.
Et tout cœur s'épanouit
A voir l'aube dans la nuit
    Doucement sourire.

Mais, tandis qu'au haut des airs
    Plane l'alouette,
Il est dans ces beaux concerts
    Une voix muette.
Quand les bois sont tous en train,
Que fais-tu, mon luth serein,
    Mon charmant poëte ?

Mai 1855.

———

Le fourrier de l'hiver.

———

Der Herbstwind rüttelt die Bäume.
H. HEINE.

❦

Silence! voilà que minuit va sonner.
La cloche nocturne on l'entend frissonner
Silence! silence! silence!

Voilà que Novembre, sa gaule à la main,
Voilà que Novembre se met en chemin.
Silence! silence! silence!

La bise qui siffle gémit sous les cieux.
Pourtant comme il va souriant et joyeux !
    Silence ! silence ! silence !

Les airs sont remplis de sinistres abois.
Pourtant il traverse les champs et les bois.
    Silence ! silence ! silence !

Enfers, avez-vous déchaîné vos démons ?
Pourtant il traverse la plaine et les monts.
    Silence ! silence ! silence !

Il souffle les feuilles des arbres jaunis,
Et chasse, en passant, les oiseaux de leurs nids.
    Silence ! silence ! silence !

Il brise les fleurs, les dernières. Gazons,
Il fauche vos herbes, vos pâles toisons.
    Silence ! silence ! silence !

La nuit tout entière, sa gaule à la main,
Il va dévastant toute chose, et demain...
    Silence ! silence ! silence !

Demain vous aurez disparu, feuille et fleurs,
Gazons émaillés de vos vives couleurs...
    Silence! silence! silence!

Et vous, ô pinsons qui chantiez tout le jour,
Demain vos concerts finiront à leur tour.
    Silence! silence! silence!

Hélas! car Novembre est venu, le fourrier
Qui vient à l'hiver préparer son quartier.
    Silence! silence! silence!

1 novembre 1857.

Chanson de chasse.

D'APRÈS UNE VIEILLE MÉLODIE ANGLAISE.

———

> The hunt is up, the hunt is up,
> And it is well nigh day.
>> GRAY.

En chasse! en chasse! Allons! allons!
Réveille-toi, ma belle.
Écoute, au fond des frais vallons
Le son du cor t'appelle.

Dans son palais silencieux
La lune est endormie.

En chasse ! L'aube monte aux cieux.
Réveille-toi, ma mie.

Viens. L'ombre cède à la clarté.
Le cor joyeux résonne,
Et dans son fort mal abrité
La biche en pleurs frissonne.

Viens voir s'ouvrir la fleur des bois
Qui rit au bord de l'onde.
Viens où la biche est aux abois.
Réveille-toi, ma blonde.

Sinon, voilà les cors vainqueurs
Sonner la biche à terre.
Et moi qui fais la chasse aux cœurs,
Je veux le tien, ma chère.

Septembre 1836.

La branche d'églantier.

Braoik-fé ! koant hag a féson
Da lakat laouen eur galon.
BALLADE BRETONNE.

Près du lac aux eaux argentines,
Je savais, au pied d'un bouleau,
Un charmant bouquet d'églantines
Qui penchait ses grappes sur l'eau.
Toutes, l'une à l'autre enlacées,
Souriaient au chaste miroir.

26

— Mais, ô blanches, blanches rosées,
Qu'avez-vous, hélas! tout le soir
Fait de votre frais arrosoir?

L'eau du lac était tout éprise
De leur douce et pâle beauté.
En passant, tes lèvres, ô brise,
Effleuraient leur sein velouté.
Et les fleurs dans l'air balancées
Du bouleau semblaient l'encensoir.
— Mais, ô blanches, blanches rosées,
Qu'avez-vous, hélas! tout le soir
Fait de votre frais arrosoir?

Car voilà mes roses fanées,
Et leurs feuilles neigent dans l'eau,
Vers leur tombe humide entraînées,
Pour mourir au pied du bouleau.
Pauvres fleurs si vite passées,
Fallait-il ainsi vous revoir?
— Mais, ô blanches, blanches rosées,
Qu'avez-vous, hélas! tout le soir
Fait de votre frais arrosoir?

Juin 1856.

Rêverie en pleine mer.

Das Meer hat seine Perlen,
Der Himmel hat seine Sterne.
H. HEINE.

La mer dans son flot qui déferle,
La mer dans son flot va roulant
La nacre où tu brilles, ô perle,
Joyau de l'abîme hurlant.

La nuit, de splendeurs diaprée,
Et d'astres et d'astres encor,

Émaille sa voûte azurée,
Étoiles, de votre trésor.

Pourtant, océans d'où les voiles
Regardent sans cesse le ciel,
Nuits mornes et pleines d'étoiles,
Je sais un trésor plus réel.

La nuit a des astres, dont l'ombre
S'éclaire du soir jusqu'au jour:
La mer a des perles sans nombre.
Plus riche, mon cœur a l'amour.

Mai 1836.

———

Hymne à la science nationale.

Einem ist sie die hohe, die himmlische Göttin, dem Andern
Eine tüchtige Kuh, die ihn mit Butter versorgt.

SCHILLER.

A quoi bon t'ouvrir la porte ?
Reste, comme c'est écrit,
O science, lettre morte
Dans le livre de l'esprit.

Aigle, reste dans ta cage.
Les moineaux c'est mieux instruit.

Ils ne font que du tapage.
Tu ferais par trop de bruit.

Chêne immense aux bras sans nombre,
Toujours plein de sourds frissons,
Tu ferais avec ton ombre
Trop de tort à nos buissons.

Diamant, rayon de flamme
Dont les astres sont jaloux,
Tu ferais en cris de blâme
Éclater tous nos cailloux.

Vieux soleil, qu'a-t-on à faire
De ton vieux flambeau, ma foi?
Les quinquets sont notre affaire;
Nous nous passerons de toi.

Écrit au sortir d'une discussion parlementaire.   Janvier 1857.

Épilogue.

A MES VERS.

———

A vyno Duw dervid.
CHANT ANGLO-SAXON.

—∗∗∗—

O mes fleurs que j'ai rassemblées,
Moi l'obscur glaneur de chansons,
Soit au bord des sources voilées,
Soit au pied des humbles buissons,

Sur les monts austères que j'aime,
Dans les bois où l'homme est meilleur

Et se sent plus près de soi-même
Et plus près aussi du Seigneur !

Sous un frais berceau de feuillages,
Qui se cache à tous les regards,
J'ai cueilli vos roses sauvages,
Et je veux en faire deux parts.

L'une ira, joyeuse et sereine,
Saluer, bouquet pèlerin,
Mes amis des bords de la Seine,
L'autre ceux des bords du vieux Rhin.

Ce n'est pas l'orgueil qui m'inspire.
Mais Dieu fasse (charme vainqueur !)
Que chacun d'entre eux y respire
Les plus doux parfums de mon cœur !

10 décembre 1857.

FIN.

TABLE DES MATIÈRES.

———

Paraboles.

Ballades.

Épopée.

Drame.

Études rhythmiques.

FIN DE LA TABLE DES MATIÈRES.

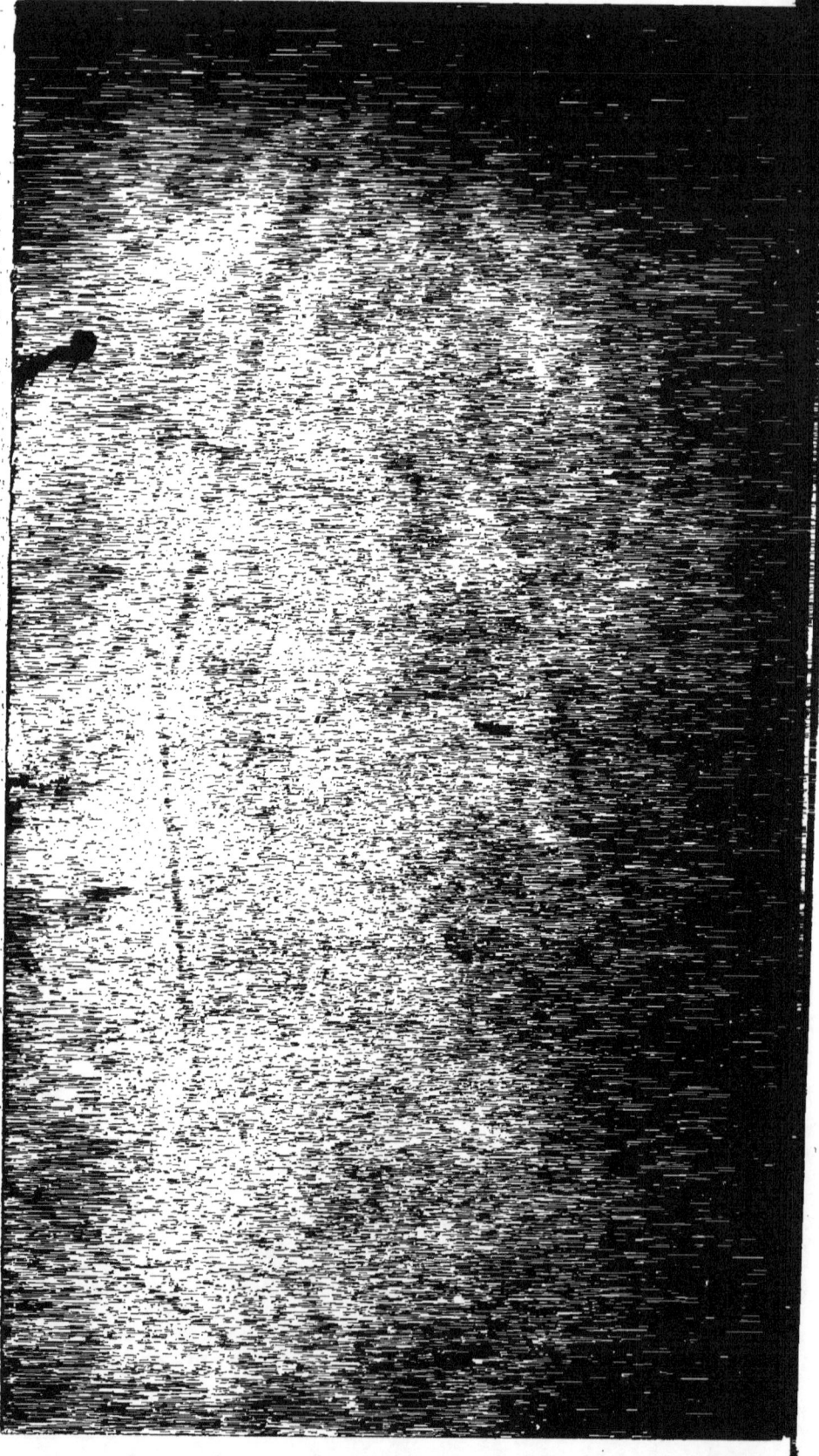